Gyda diolch i Blwyddyn 9
Ysgol y Berwyn 2004–05
am eu cyngor a'u cymorth!

Pen Dafad

Bethan Gwanas

Hoffai'r Lolfa ddiolch i:
Ffion Davies, Ysgol Plasmawr,
Rhian Lewis, Ysgol Bro Gwaun,
Dafydd Roberts, Ysgol Dyffryn Ogwen
ac Andrea Parry, Ysgol Dyffryn Conwy.
Hefyd, yr holl ddisgyblion o ysgolion Botwnnog, Penweddig, Bro Myrddin,
Dyffryn Conwy, Dyffryn Ogwen a Plasmawr am eu sylwadau gwerthfawr.

Argraffiad cyntaf: 2005
© Awdurdod Cymwysterau, Cwricwlwm ac Asesu Cymru, 2005
Golygyddion Pen Dafad: Alun Jones a Mared Roberts

Cynllun y clawr: Sion Ilar
Llun y clawr: Jac Jones

Comisiynwyd y gyfrol gyda chymorth ariannol Awdurdod Cymwysterau,
Cwricwlwm ac Asesu Cymru

ISBN: 0 86243 806 3

Cyhoeddwyd ac argraffwyd yng Nghymru gan:
Y Lolfa Cyf., Talybont, Ceredigion SY24 5AP
ebost ylolfa@ylolfa.com
gwefan www.ylolfa.com
ffôn +44 (0)1970 832 304
ffacs 832 782

Pennod 1

Mi ddechreuodd y cwbl pan ddeffrais i ganol nos yn chwys boetsh dan y cwilt. Ro'n i wedi bod yn troi a throsi ers sbel ac yn y diwedd, mi benderfynais godi er mwyn mynd i'r tŷ bach. Ond ro'n i'n methu dallt pam 'mod i'n cropian ar hyd y landing ar 'y mhedwar a throwsus fy mhyjamas yn llusgo ar fy ôl i, yn gwneud i mi faglu dros y lle i gyd. Mi ddyliwn fod wedi sylweddoli bod 'na rwbath o'i le bryd hynny, ond ro'n i'n dal yn hanner cysgu doeddwn?

I mewn i'r stafell molchi â fi a chael trafferth ofnadwy i godi ar 'y nhraed i gael pisiad. Mi lwyddais yn y diwedd, ond efo coblyn o drafferth, a do, mi wnes lanast. Ro'n i wedi gadael i'r llif fynd i bob man heblaw i lawr y pan. Edrychais yn hurt ar y pyllau ar y llawr ac ochneidiais. Mi fyddai Mam yn 'yn lladd i. Ond mi allwn drio rhoi'r bai ar Dad neu ar 'y mrawd mawr, Gareth.

Draw â fi at y sinc. Mi ges i uffar o job codi ar 'y nhraed eto ac ro'n i'n gorfod pwyso'n drwm ar y sinc er mwyn sbio yn y drych. Dyna pryd rhois i'r sgrech. Ro'n i'n ddafad!

Wir yr, yn lle gweld fy wyneb i, Dewi Lloyd, hogyn 13 oed – reit ddel gyda llaw – yn y drych, roedd 'na wyneb dafad hyll, salw'n sbio'n ôl arna i. Dafad efo'i cheg yn llydan agored a'i llygaid jest â disgyn allan o'i phen. Mi wnes i drio deud wrthaf fi fy hun mai breuddwydio ro'n i. Hunllef oedd o, dyna'i gyd, ac mi fyddwn i'n deffro yn y munud. Mi wnes i drio pinsio fy hun – a methu. Doedd gen i ddim bysedd, dim dwylo, dim ond pedair coes wirion, wen, flewog. Do'n i ddim yn hoffi'r hunllef yma o gwbl. Roedd o'n rhy real o beth coblyn. Ro'n i hyd yn oed yn ogleuo fel dafad.

Felly es i'n ôl i 'ngwely er mwyn gallu deffro. Roedd Gareth yn dal yn chwyrnu'n braf yn y gwely arall – a doedd o'n bendant heb droi'n ddafad. Ro'n i'n gallu gweld ei wyneb mawr hyll o wedi'i wasgu'n hyllach nag arfer i mewn i'r gobennydd, a nant ei lafoerion o'n rhedeg i lawr o gornel ei geg. Roedd y cloc larwm yn deud ei bod hi'n chwarter wedi tri y bore.

Mi neidiais ar y matras a stwffio 'mhen o dan y cwilt. Ond o fewn dim, ro'n i'n chwys diferol eto, ac yn ofnadwy o anghyfforddus. Mi giciais y cwilt oddi arna i a throi a throsi am oes. Pryd oedd y blwmin hunlle ma'n mynd i orffen? Ro'n i'n effro fel y gog a jest â marw isio bwyd. Felly es i i lawr y grisiau i'r gegin (ar 'y mhedwar, fy mhen i gynta, oedd yn brofiad reit frawychus), ac agor y oergell efo nhrwyn. Ond doedd 'na ddim byd yn apelio, dim hyd yn oed y *cheesestrings*, na'r darn *gateau* siocled oedd ar ôl ers dydd Sul.

Felly, mi grwydrais i mewn i'r stafell fyw – sy'n llawn o blanhigion mewn potiau, planhigion y bydd Mam yn eu trin efo mwy o barch a chariad na'i phlant ei hun. Cyn i mi sylweddoli be ro'n i'n 'i wneud, roedd y Clust Eliffant mawr hardd, hoff blanhigyn Mam o'r holl blanhigion sydd ganddi, yn 'y ngheg ac ar ei ffordd i'n stumog.

Edrychais yn hurt ar y potyn: doedd 'na ddim byd ar ôl, dim ond pridd a mymryn o goesyn tila. Ond roedd o wedi blasu mor fendigedig … blas hyfryd, blas mwy. Allwn i ddim stopio, es i rownd y planhigion i gyd. Mi fwytais i bob deilen, pob blodyn, pob dim. Ro'n i'n gwybod 'mod i'n gwneud peth gwirion ond wir yr, do'n i jest ddim yn gallu atal fy hun.

Wedyn, ro'n i jest isio cysgu, a dyna wnes i, fel babi, ar y mat o flaen y tân – nes i mi ddeffro'n sydyn. Roedd golau'r haul yn pefrio drwy'r ffenest ac mi allwn i glywed yr adar yn canu. Edrychais ar y cloc ar y silff ben tân: pump y bore. Ro'n i'n stiff fel procar, ac ro'n i'n gwbl noeth – ble roedd 'y mhyjamas i? Ond diolch byth – roedd gen i goesau a breichiau go iawn eto – do'n i ddim yn ddafad! Mae'n rhaid mai breuddwyd oedd y cyfan wedi'r cwbl, felly lledodd gwên dros fy wyneb i – ond dyna pryd sylwais i fod planhigion Mam i gyd wedi diflannu, wedi eu cnoi i'r byw – ac o na, plîs na … doedd y peth ddim yn bosib … ond roedd 'na faw dafad ar hyd y carped, talpiau a pheli o faw du ym mhobman a rhai wedi eu stwnsio'n ddwfn i mewn i'r *shag pile*. Teimlais y chwys yn codi ar 'y nhalcen, a dyma fi'n dechrau crynu. Roedd yr hunllef yma'n dechrau mynd dros ben llestri.

Rhedais i fyny'r grisiau, gafael yn nhrowsus fy mhyjamas oedd ar lawr y stafell molchi, a chropian i mewn i'r gwely. Roedd fy mhen ar fin ffrwydro a doeddwn i wir ddim yn meddwl y gallwn byth fynd i gysgu eto, ond mae'n rhaid 'mod i wedi llwyddo, achos y peth nesa glywais i oedd:

"AAAAAAAA!!!" Llais Mam o'r stafell fyw oddi tana i. "Fy mhoted plants i! Mae 'na ryw aflwydd wedi'u byta nhw! Bob un! Bob un wan jac! Bob tamed! A mae 'na faw dafad dros 'y ngharped i i gyd! John! (Dad ydi John) Mae 'na un o dy blydi defaid di yn y tŷ ma yn rhywle! John! Coda!"

Bu'n rhaid i ni gyd godi wedyn. Dad, Gareth, Lowri fy chwaer fach naw oed, a fi. Mi yrrodd Mam ni o gwmpas y tŷ ar ein hunion i chwilio am y ddafad ddwl oedd wedi gwneud yr holl lanast. Doedd 'na'm golwg ohoni, wrth reswm.

"Dwi'm yn dallt wir," meddai Dad. "Oes 'na ffenest yn 'gored yn rhwla?" Nag oedd. Na drws na dim.

"Ond pa ddafad sy'n ddigon clyfar i allu agor drws

a'i gloi ar ei hôl?" wylodd Mam.

Roedd hi wir wedi i hypsetio ac ro'n i'n teimlo'n uffernol. Roedd hi wedi ypsetio gormod i wneud brecwast call i ni. Mi fyddwn ni'n cael bacwn ac wy bob bore'n ddi-ffael – mae hi'n mynnu y dylai pawb gael brecwast harti cyn gwneud dim – ond cornfflêcs gawson ni. Doedd gen i fawr o'u hawydd nhw, ond do'n i'n sicr ddim yn gallu wynebu bacwn ac wy, felly ro'n i reit ddiolchgar mewn ffordd.

Mi gawson ni ein hel i'r ysgol, gan adael Dad i archwilio'r giatiau a'r ffens o amgylch y caeau wrth y tŷ, a finna'n gwbod yn iawn na fyddai o'n dod o hyd i'r un twll yn unlle.

Ro'n i'n falch o gyrraedd yr ysgol, ond ro'n i'n methu canolbwyntio'n dda iawn. Yn un peth, roedd gen i boen bol mwya ofnadwy. Gwynt. Ro'n i'n gneud 'y ngorau glas i ollwng ambell un dawel, slei bob cyfle posib, ac roedd hynny'n reit hawdd yn y wers cemeg achos mae 'na ogla od yn fan'no o hyd beth bynnag, ogla wya drwg y magnesium ocsid a'r swlffwr ac ati (a'r athro o ran hynny). Ond, roedd hi'n anodd yn y gwersi eraill, yn enwedig yn y wers Ffrangeg, achos mae'r athrawes yn gwrthod gadael i ni ista efo'n ffrindia, felly dwi'n gorfod ista wrth ymyl blincin Menna Morgan, sydd mor lân a thaclus o hyd. Mae gen i ofn anadlu arni heb sôn am ollwng un dawel drws nesa iddi. Felly wnes i ddim, ond argol, roedd gen i boen bol wedyn. Ro'n i'n mynd yn chwys oer drosta i bob hyn a hyn hefyd, yn enwedig o gofio be wnes i i'r Clust Eliffant druan – a'r carped.

Beryg mai ffordd y planhigion o ddial arna i am eu sglaffio nhw oedd rhoi'r gwynt ma i mi. Be oedd ar 'y mhen i'n gwneud y ffasiwn beth gwirion – hyd yn oed os mai yn fy nghwsg gwnes i eu bwyta nhw? Doedd o ddim fel taswn i'n un am gerdded yn 'y nghwsg chwaith. Gareth fyddai'n gwneud hynny, a siarad lol ar yr un pryd, sy'n gallu bod yn reit ddigri. Ond dydi cerdded yn dy gwsg ddim yn ddigri chwaith. Mi ddisgynnodd Gareth i lawr y grisiau unwaith a malu ei drwyn nes roedd o'n gwaedu. Mi fues inna'n ddigon gwirion i ddringo i lawr y grisia fel dafad! Lwcus 'mod i'n fyw dydi?

Erbyn amser cinio, ro'n i'n llwgu, ond doedd gen i jest ddim awydd y byrgar a sglodion fyddwn i'n eu cael fel arfer.

"Run fath ag arfer, ia Dewi?" gofynnodd Mrs Huws, y ddynes cinio, gan anelu ei thongs am y byrgars seimllyd.

"Ym, naci, ddim heddiw, Mrs Huws," meddwn.

"Be gymri di ta 'mach i?"

"Ym … salad os gwelwch chi'n dda." Mi edrychodd yn hurt arna i, a phasio plât o letys llipa a thomatos tryloyw o denau i mi. Ro'n i'n gallu gweld y plât drwyddyn nhw.

Mi edrychodd yr hogia yr un mor hurt arna i pan eisteddais i. Roedden nhw i gyd wedi llenwi eu platiau efo'r arlwy arferol o fyrgars a sglodion a môr o sôs coch.

"Letys?!" meddai Jonno. "Be sy? Ti ar ddeiet neu rwbath?"

"Doedd gen i jest ddim awydd byrgar heddiw."

"Ia, ond bwyd cwningen?" chwarddodd Gwynfor Llwyn Ifor, "bwyd genod 'di hwnna!"

"Roedd 'na stiw cig oen yna heddiw," meddai Bryn Tyddyn Drain, "pam na fyset ti wedi cymryd hwnnw?"

Cig oen? Ro'n i'n gallu teimlo'r cyfog yn codi'n syth.

"Ym … na, roedd gen i awydd salad a dyna fo. Welodd rhywun y gêm neithiwr?"

Mae pêl-droed wastad yn ffordd dda o newid y pwnc. Wedyn, ar ôl malu awyr am y gêm am bum munud, aeth y sgwrs i bob man dan haul: pam bod traed Jonno'n drewi mor ofnadwy a'r ffaith bod rhywun wedi gweld cath fawr ddu eto, dim ond rhyw ugain milltir i ffwrdd.

"Ond dim ond rhyw bobol o Lundain oedden nhw, felly does 'na fawr o goel arnyn nhw," meddai Gwynfor.

"Pam bo 'na'm coel ar bobol o Lundain?" gofynnodd Jonno.

"Achos tydyn nhw'm 'di arfer byw yn y wlad

nac'dyn, drong. Methu deud y gwahaniaeth rhwng cwningen a dafad nac'dyn … "

"Ond mae 'na lwyth o gathod yn Llundain, does?" meddai Bryn yn bwyllog.

"Yn hollol," cytunodd Jonno, "a siawns na fedran nhw ddeud y gwahaniaeth rhwng cath fach gyffredin a chath fawr, beryg."

"Wyt ti'n trio deud dy fod ti'n coelio yn y straeon hurt ma am gath fawr ddu'n crwydro Cymru?" gofynnodd Gwynfor.

"Nac 'dw, ond does 'na byth fwg heb dân, nag oes?"

"Ti'n iawn fan'na," cytunodd Bryn, "felly mae'n rhaid bod 'na reswm pam bod Dewi 'di dechra byta bwyd cwningen mwya sydyn … be sy Dews? Gweld dy hun yn pesgi, wyt ti? O'n i'n meddwl bod 'na sbêr teiar go lew gen ti … "

"O, cau hi!"

Weithia, 'di hyd yn oed pêl-droed ddim yn gallu newid y pwnc yn ddigon da. P'un bynnag, does gen i'm sbêr teiar. Does 'na'm owns o floneg arna i a dwi'n gweithio'n galed ar y sics-pac. Iawn, tydi o'm yna eto, mae o'n fwy o thri-pac, ond mae'n fwy na be sy gan Bryn! A thrwy dynnu sylw at hynny nes i lwyddo i dynnu'r sylw oddi ar y letys unwaith ac am byth. Gobeithio!

Pennod 2

Pan es i adre y pnawn hwnnw, es i'n syth at y cŵn i roi'r mwytha arferol iddyn nhw, ond mi ddechreuon nhw gyfarth fel ffyliaid arna i. Pob un ohonyn nhw – hyd yn oed Fflos, sydd â meddwl y byd ohona i. Fel arfer, mi fydd hi'n gorwedd ar ei chefn pan fydda i'n cerdded ati, yn gwichian a griddfan nes bydda i'n ei chosi hi, yna neidio i fyny a llyfu fy wyneb i. Y tro yma, roedd hi'n edrych ac yn swnio fel tase hi am fy mwyta i. Es am y tŷ'n reit handi, ond 'swn i'n taeru bod y defaid yn sbio'n rhyfedd arna i wrth i mi basio.

Roedd Dad yn y gegin yn cael ei de (pum brechdan jam, dwy sgonsan ac anferth o lwmp o gacen sbynj).

"Reit, Dewi, Gareth, ewch i newid," medda fo. "Dwi isio'ch help chi i ddosio'r ŵyn."

Felly i ffwrdd â ni'n ufudd i newid i'n dillad gwaith a'i ddilyn i'r buarth lle'r oedd yr ŵyn yn disgwyl amdanon ni yn y gorlan. Roedden nhw'n brefu fel petha gwirion wrth weld Dad a Gareth, ond yn distewi'n mwya sydyn wrth i mi basio. Sylwodd 'mo Gareth na Dad ar hynny, ond mi wnes i wrth reswm, ac mi ddechreuais chwysu eto.

Fi gafodd y gwaith o ddal yr ŵyn er mwyn i Dad allu stwffio'r gwn efo'r dôs drewllyd i mewn i'w cegau. Ro'n i'n gallu eu teimlo nhw'n crynu mewn ofn yn fy mreichiau ac es i'n reit emosiynol. Roedd 'na ddagrau yn fy llygaid i, ond ro'n i'n trio deud wrthaf fi'n hun mai'r gwynt oedd yn hel llwch i fy llygaid i, neu 'mod i'n sensitif, mwya sydyn, i'r cemegolion yn y stwff dosio. Nath Dad ddim sylwi beth bynnag.

Erbyn y chweched oen, mi ges i'r awydd i ddechra canu grwndi yn ei glust o (yr oen, nid Dad), a myn coblyn i, mi weithiodd. Mi stopiodd y creadur grynu ac o hynny mlaen roedd pob un yn dod ata i'n ufudd i gael ei ddosio, yn hytrach na gwingo a strancio fel maen nhw'n arfer gwneud. Mi sylwodd Dad ar hynny toc, ond ddywedodd o fawr ddim, dim ond sbio'n rhyfedd arna i, a mwmian rhywbeth am fod yn Dr Dolittle. Doniol iawn.

Aethon ni drwy'r dosio'n rhyfeddol o sydyn wedyn ac roedd Dad mewn hwyliau da iawn o'r herwydd. Ro'n inna'n teimlo reit fodlon 'y myd, nes iddo fo ofyn i mi fynd i fwydo'r cŵn. Mi fydda i wrth 'y modd yn gwneud hynny fel arfer, ond y tro ma, es i'n groen gŵydd i gyd. Ond doedd 'na ddim dianc rhag gwneud heb i mi dynnu sylw ataf i'n hun a do'n i'm isio gwneud hynny, nag'on?

Mi es i mewn i'r cwt i nôl llond bwced o'r

gymysgedd cornfflêcsaidd a'i gymysgu efo dŵr poeth o'r tap yn y bwtri, nes roedd y cyfan fel rhyw uwd amryliw yn stêm i gyd. Allan â fi wedyn i wynebu'r cŵn yn eu cenals. Fel arfer, mi fyddan nhw'n ysgwyd eu cynffonau fel pethau gwirion, yn gwichian a gwenu o 'ngweld i'n dod efo'r bwced a'r stêm yn gynffon y tu ôl i mi, ond tro ma, roedd pob un wan jac ohonyn nhw'n sgyrnygu a chwyrnu.

Fuodd gen i rioed ofn cŵn yn 'y myw – tan rŵan. Do'n i erioed wedi sylwi'n iawn ar eu dannedd nhw o'r blaen – maen nhw'n finiog, yn grocodeilaidd o hir a melyn ac ych-a-fi. Ro'n i'n crynu. Llyncais yn galed a chamu ymlaen at Fflos. Aeth hi'n wallgo – a neidio tuag ata i efo'i dannedd yn mynd fel castanets. Neidiais yn ôl yn reit handi. Doedd hyn ddim yn mynd i fod yn hawdd.

Yn y diwedd, mi fu'n rhaid i mi nôl y brwsh bras o'r bwtri a defnyddio coes y brwsh i lusgo pob powlen fwyd tuag ata i, bellter diogel oddi wrthyn nhw, yna eu llenwi a'u gwthio'n ôl o fewn cyrraedd y cŵn. Yn anffodus, mi basiodd Gareth fel ro'n i'n gwthio'r bowlen olaf un i gyfeiriad Nel.

"Be uffar ti'n neud?!" gofynnodd yn hurt. "Sgen ti ofn Nel neu rwbath?"

"Nag oes siŵr."

"Pam wyt ti'n bustachu efo'r coes brwsh 'na fel'na ta?"

"Ym … jest chwara."

Edrychodd arna i am yn hir, cyn ysgwyd ei ben a mwmian rhywbeth am "nytar … pen rwd … " a diflannu i mewn i'r tŷ.

Lasagne oedd i swper – lasagne cig oen. Mi fentrais roi llond fforc yn 'y ngheg, ond ro'n i isio chwydu. Mae'n rhaid bod Mam wedi sylwi.

"Be sy?"

"Dim byd. Jest … dim awydd."

"Be sy'n bod efo'n lasagne i? Ti wrth dy fodd efo fo fel arfer!"

"Dwi'n gwbod a wir yr, does 'na'm byd yn bod arno fo, dwi jest … wel … sgen i mo'i awydd o."

"Paid â bod yn wirion, byta fo, neu oes rhaid i mi d'atgoffa di am blant bach yn llwgu yn Affrica?"

Doedd Mam heb godi hynna ers pan oedden ni'n fach, pan fyddwn i'n gwrthod bwyta cabaits a brocoli. Cochais.

"Mam, ylwch, 'swn i wir yn licio'i fyta fo (celwydd noeth) ond fedra i ddim, ddim heno."

"Pam? Wyt ti'n sâl neu rwbath?"

"Ella mod i. Stumog ddim cweit yn iawn."

Camgymeriad. Aeth Mam yn syth i'r cwpwrdd ffisig a 'nôl y botel Kaolin a Morphine sy'n pydru yno ers blynyddoedd, a 'ngorfodi i lyncu dwy lond llwy bwdin o'r stwff afiach, blas calch.

"Mae 'na ffilm dda ar y bocs heno," meddai Gareth,

"*American Werewolf in Paris.*" Do'n i 'rioed wedi ei gweld hi, ac roedd hi'n reit ddigri – tan y darn lle mae'r boi ma'n dechra troi'n flaidd. Roedd Gareth yn rhowlio chwerthin, ond do'n i ddim yn ei weld o'n ddigri o gwbl. Ro'n i'n poeni be fyddai'n digwydd i mi y noson honno yn 'y ngwely. Fyddwn i'n troi'n ddafad eto, neu ai dim ond rhyw chwinc 24 awr oedd y cwbl? Mi berswadiais fy hun mai dyna'r cwbl oedd o, a mynd i 'ngwely'n gynnar – cyn diwedd y ffilm – er mwyn gallu cysgu'n weddol sydyn a gallu anghofio am y diwrnod gwaetha yn 'y mywyd a'r ffaith bod fy stumog i'n gweiddi isio bwyd. Do'n i'm yn siŵr chwaith o'n i isio gwbod be ddigwyddodd i'r boi drodd yn flaidd yn y diwedd.

Wrth gwrs, mi gymerodd oes i mi allu cysgu, achos ro'n i'n cachu cryn dipyn o frics, ac yn sbio ar 'y mreichiau'n dragwyddol, rhag ofn eu bod nhw'n dechrau troi'n flewog eto. Ro'n i'n llwgu, ond o'r diwedd, am 'mod i wedi blino mor ofnadwy mae'n siŵr, mi syrthiais i gysgu. Mi ges 'y neffro wedyn pan faglodd Gareth dros fy sgidiau i ar y ffordd i'w wely, ond syrthiais yn ôl i gysgu'n ddi-drafferth. Ro'n i wir yn meddwl y byddwn i'n iawn bellach.

Ond tua dau y bore, mi ddechreuais deimlo'n boeth a chwyslyd. Ro'n i wedi tynnu 'mhyjamas cyn i mi hyd yn oed ddeffro'n iawn. Pan ges i wayw yn fy mol a 'nghefn, bu bron i mi sgrechian, ond do'n i'm isio deffro Gareth, felly mi redais i'r stafell molchi a chau'r drws y tu ôl i mi, cyn disgyn i'r llawr mewn poen. Dyna pryd sylwais i ar 'y nwylo ... Roedden nhw'n dechrau troi'n draed ac roedd 'y mreichiau a 'nghoesau'n cosi'n ofnadwy – ond dim rhyfedd, roedd 'na garped o fflwff gwyn yn codi drostyn nhw ar gyflymder anhygoel, ac roedd 'y nghoesau i'n crebachu o flaen fy llygaid i fod yn stwmps bach hyll. Ro'n i'n troi'n ddafad eto.

Neidiais yn drafferthus fel bod 'y nghoesau blaen yn y sinc, er mwyn gallu edrych yn y drych. Ia, wyneb dafad, efo llond ceg o ddannedd. "Naaaaaaa!" ebychais, ond be ddaeth allan ond "*Meeeeee!*" fawr, gryg. Dechreuais grio, ond dim ond sŵn brefu oedd hynny hefyd ac roedd hynny'n gwneud i mi isio crio'n waeth.

Roedd o'n od. Ro'n i'n ddigon ymwybodol i fod isio cau 'ngheg rhag deffro pawb, ond yna'n sydyn, mi ges i'r awydd isio bwyd mwya dychrynllyd. Ro'n i'n gwybod nad oedd hynny'n syniad da, ond roedd 'na ryw rym cryfach na fi yn fy llusgo i lawr y grisiau. O leia roedd Mam heb brynu planhigion newydd eto. Es i rownd y tŷ'n sydyn, a sylweddoli'n o handi nad oedd affliw o ddim ar 'y nghyfer i yno. Ond ro'n i'n gwybod lle byddai 'na wledd ...

Allan â fi drwy'r drws cefn (mi ges i chydig o drafferth efo dolen y drws, nes i mi sylweddoli y gallwn ei thynnu hi lawr efo 'nannedd) ac i mewn â fi i'r ardd. Gardd Mam, gardd sy'n sgwaryn mawr o laswellt hyfryd, ffres, gwyrdd. Mi ddechreuais i bori'n hapus. Fyddai hynny ddim yn poeni Mam, ac yn sicr fyddai o'n poeni dim ar Dad, gan y byddai'n sbario iddo orfod torri'r lawnt efo'i beiriant bach trafferthus. Doedd o'm yn ddigon mawr i'r tractor. Yn anffodus, doedd o'm yn ddigon mawr i mi chwaith. Ro'n i wedi rhoi trim No 1 i'r lawnt cyn pen dim ac ro'n i'n dal isio bwyd.

Dyna pryd y sylwais ar y Lupins a'r Lilis a'r Aliums. Ro'n i'n gwbod na ddylwn i, ond roedden nhw fel tasen nhw'n galw arna i, wir yr; a iechyd, roedden nhw'n flasus, yn enwedig yr Aliums. Blas fel creision caws a nionyn. Cyn pen dim, doedd 'na'm un petalyn ar ôl, ond ro'n i'n dal isio bwyd.

Yna, sylweddolais fod 'na rywun yn 'y ngwylio i – llond cae o ddefaid, a'u llygaid yn fflachio'n goch yn y tywyllwch drwy'r ffens. Bu bron i mi â neidio allan o 'nghroen – wel, fy ngwlân ta. Ond wedyn mi sylweddolais fod 'na lond cae mawr o laswellt yn 'y nisgwyl i yr ochr draw i'r ffens. Yn anffodus, oherwydd bod yr ardd mor bwysig i Mam, roedd y ffens mewn cyflwr da iawn yn fan'no, ac yn rhy uchel i mi neidio drosti. Yna, mi gofiais fod y giât bren ar ochr y ffordd fawr yn dechrau pydru, felly i ffwrdd â fi ar ras ar hyd yr wtra, ac i lawr y ffordd fawr ati. Un gic efo 'nghoesau ôl, ac roedd 'na dwll digon mawr i mi wasgu drwyddo. Mi borais ac mi borais, ac wedyn gorwedd yn fodlon fy myd. Dyna pryd sylweddolais i fod y defaid eraill wedi casglu o 'nghwmpas i mewn hanner cylch.

"Smai," meddwn yn fy mref orau. Ond ches i'm ateb. Roedden nhw i gyd jest yn dal i sefyll yna, yn sbio arna i'n hurt. "Be sy?" gofynnais, "rioed 'di gweld dafad yn pori o'r blaen?"

"Ti'm yn ddafad," tuchodd un llai ofnus na'r gweddill.

"Nac 'dw, dwi'n gwbod," cytunais. "Dim ond un dros dro, gobeithio."

"Be ti'n rwdlan?" wfftiodd dafad arall, "Dwyt ti'm yn ddafad – hwrdd wyt ti."

Hwrdd?! Do'n i'm wedi ystyried hynny o'r blaen, ond roedd synnwyr cyffredin yn deud mai hwrdd o'n i am mai bachgen ydw i.

"Dwyt ti'm i fod yn fa'ma efo ni," meddai'r ddafad, "ddim eto o leia. Hogyn drwg … " ychwanegodd, efo gwên, a dechrau agosáu gan ryw siglo'n Beyoncè-aidd ei phen ôl. O diar. O diar o diar o diar. Ro'n i'n gallu teimlo fy hun yn cochi o dan 'y ngwlân, ond diolch byth nad ydi gwlân yn troi'n binc pan mae dafad – sori – hwrdd yn embarasd. Doedden nhw ddim yn gallu deud pa mor embarasd ro'n i. Ond wedyn, ro'n i hyd yn oed yn fwy embarasd.

"Duwcs, di o'm yn barod siŵr," chwarddodd un ddafad hy. "Sbiwch! Dio'm hyd yn oed wedi tyfu cyrn eto!"

Dechreuodd yr holl braidd chwerthin. Do'n i'm yn gwybod be i'w ddeud wedyn, felly mi drois 'y nghefn atyn nhw ac esgus mynd i gysgu. Yn anffodus, mi wnes i hynny'n rhy dda, achos y peth nesa, roedd hi'n olau dydd, ac ro'n i'n fi fy hun eto. Bachgen normal, dim ond bod y bachgen normal hwn yn gorwedd mewn cae yn noeth. AAAAAA!!!!

I gyfeiliant brefiadau'r defaid, rhedais ar draws y cae am y tŷ, neidio dros y ffens, saethu drwy ddrws y gegin a chofio arafu cyn dringo'r grisiau, cyn troi wrth y landing a tharo i mewn i … Lowri. Edrychodd arna i'n hurt.

"Be ti'n neud heb dy byjamas?"gofynnodd.

"Ym … " Ceisiais guddio'r hyn roedd hi'n sbio arno efo llygaid fel soseri.

"A be roeddet ti'n neud yn y cae? Mi welais i ti. Yn gorwedd yno heb ddillad amdanat ti."

"Ddim y fi oedd o!"

"Ia tad, sbïa golwg sy ar dy draed a dy ddwylo di – ti'n faw i gyd!"

Roedd hi'n iawn. Allwn i ddim gwadu'r peth, ac roedd ôl 'y nhraed i yr holl ffordd i fyny'r grisiau. Mi fyddai Mam yn wyllt gacwn eto.

"Mae'n rhaid 'mod i 'di cerdded yn 'y nghwsg."

"Ond dim ond Gareth sy'n … "

"Ia, wel, mae'n rhaid 'mod inna wedi dechra rŵan. Yli Lowri, paid â deud wrth neb, iawn?"

"Ga i weld … "

Roedd y jadan fach yn sbio'n slei arna i!

"O, ty'd laen Lowri, plîs!"

"Fel deudis i, gawn ni weld. Mi fydd yn rhaid i chdi fod yn neis efo fi'n bydd?" Y sguthan fach bowld – roedd hi'n trio fy mlacmêlio i!

"Be ti'n feddwl, bod yn neis efo chdi?"

"'Na i feddwl am rwbath. Rŵan cer i wisgo rhwbath nei di? Neu mi gei di annwyd … "

Ac i ffwrdd â hi i mewn i'r stafell molchi. Ro'n i isio waldio'r drws i lawr, gan 'mod i wedi gwylltio cymaint. Ond nes i ddim, yn hytrach mi agorais ddrws fy llofft – yn hynod ofalus, a cheisio neidio i mewn i'r gwely heb ddeffro Gareth. Ro'n i dan y cynfasau cyn i mi gofio 'mod i'n faw i gyd. O na … mi fyddai Mam yn fy lladd i go iawn.

O leia roedd hi'n ddydd Sadwrn, a fyddwn i ddim yn gorfod mynd i'r ysgol. Ac roedd gen i wynt yn 'y mol eto.

Pennod 3

Mi ges i row gan Dad am godi'n hwyr. Mae o wastad fel y gog yn y bore ac yn disgwyl i bawb arall fod yr un fath. Dwi reit dda fel arfer hefyd, lot gwell na Gareth, ond do'n i'm wedi cael llawer o gwsg nag o'n?

Eisteddais wrth y bwrdd ac estyn am y bocs Cornfflêcs.

"Ti'm yn haeddu brecwast a chditha 'di codi mor hwyr!" rhuodd Dad.

"Paid â bod yn wirion, John," meddai Mam, "mae'r hogyn ar ei dyfiant ac angen ei frecwast. Gad lonydd iddo fo, ac agor y drws 'na i mi nei di?" Roedd hi'n cario llond basged o ddillad i'w rhoi ar y lein. Agorodd Dad y drws iddi gan wgu arna i.

"'Na i'ch helpu chi Mam," meddai Lowri mewn llais bach 'tydw-i'n-hogan-dda-yn-cynnig-helpu-Mam-jest-i-dynnu-mwy-o-sylw-at-y-ffaith-bod-Dewi'n-hogyn-drwg-am-godi'n-hwyr'. Jadan.

Wedyn dyma sgrech yn dod o'r ardd.

Roedd hi fel y Trydydd Rhyfel Byd yno wedyn. Aeth Dad a Gareth allan i weld be oedd y ffys, ac mi arhosais i lle'r o'n i. Ro'n i newydd gofio be ro'n i wedi bod yn 'i neud yn yr ardd. Ro'n i'n gallu clywed pob dim beth bynnag. Mam yn sgrechian mwrdwr a chyhuddo pawb a phopeth o adael giatiau'n gored a bod yn rhy bwdwr i allu codi ffensys call a "Sbia ar 'yn Lupins i!" Dad yn protestio ond yn methu dallt, ac yna'n sylwi bod giât y cae wrth y tŷ'n llydan agored (o, cachu hwch …) ac yn cyhuddo Gareth o beidio cau giatiau. Gareth yn gweiddi "Pam mai fi sy'n cael y bai o hyd yn y lle ma?!" Lowri'n crio am fod Mam yn crio ac ro'n i jest isio suddo dan y bwrdd a chuddio.

Wedyn dyma fi'n clywed llais Lowri'n deud:

"Oedd Dewi yn y cae 'na bore ma … weles i o." Tawelwch. Yna:

"DEWI?! Ty'd yma'r munud ma!"

Doedd gen i'm dewis. Allan â fi i'r ardd. Wel, be oedd yn weddill o'r ardd. Doedd 'na'm un pen blodyn ar ôl yn unlle. Prin bod 'na ddail.

"Wel?" meddai Dad, gan wgu arna i efo'i lygaid glas, oer, sy'n troi'n las oer, oerach na rhew glas eisbergs yr Antarctig pan fydd o wedi gwylltio. "Ti adawodd y giât 'cw'n 'gored? Ti sy'n gyfrifol am adael y defaid i mewn i ardd dy fam?"

"Ym … ia a naci." Camgymeriad. Roedd hyd yn oed croen ei wyneb o'n dechra troi'n las rŵan.

"Be ti'n feddwl, ia a naci?! Dyro ateb call i gwestiwn plaen!"

"Oedd 'na ddau gwestiwn fan'na Dad … "

"Ateba'r ddau ta cyn i mi dy flingo di!"

"Ym … wel … ia, fi adawodd y giât yn 'gored, a ma'n wir ddrwg gen i Mam, ond, ym … " Aeth 'y ngwddw i'n sych grimp. Allwn i byth ddeud y gwir wrthyn nhw. Fydden nhw byth bythoedd yn 'y nghoelio i.

"YM, BE?!" ffrwydrodd Dad.

"Ym, ia, arna i mae'r bai. Fi adawodd y giât yn gored a fi sy'n gyfrifol am adael y defaid i mewn i'r ardd."

Tydi Dad erioed wedi taro'r un ohonan ni. Tydi o byth yn gorfod. Un edrychiad glas, oer, ac mae hynny'n ddigon fel arfer. Rydan ni'n gwywo o flaen ei lygaid o. Crio weithia. Ac mae o'n gwbod bod y wers wedi ei dysgu. Ond tro ma, ges i lempan ar draws 'y mhen nes ro'n i'n bownsio. Iechyd, roedd o'n brifo. Mae gan Dad ddwylo fel rhawiau a breichiau fel bonion coed derw, a do'n i methu clywed dim am sbel, dim ond tu mewn fy mhen i'n canu.

Wedyn, dyma Mam yn gweiddi arno: "John! Doedd 'na'm angen waldio'r hogyn! Yr hen fwli! Dewi? Ti'n iawn?"

"Ond – ond … "

Dad druan. Dwi'n meddwl iddo fo ddeud rhwbath dan ei wynt a diflannu am y buarth. Ond alla i'm bod yn siŵr, ro'n i'n dal i weld sêr.

Mi fuon ni gyd yn dawel iawn am weddill y diwrnod, a doedd Dad ddim yn siarad efo fi – na Mam. Es i i'r dre efo Mam yn y pnawn, i'r lle 'na sy'n gwerthu bloda. Doedd 'na'm llawer yno, ond mi lwyddodd Mam i wario £50 ar betha digon tila'r olwg.

"Ac wrth gwrs, mi fydd hyn yn dod o dy bres poced di, Dewi." £50?! Roedd hynny'n golygu y byddwn i'n sgint am fisoedd! Ro'n i'n cael llai o bres poced na fy ffrindiau i gyd fel roedd hi ac i rwbio halen yn y briw, mi fu'n rhaid i mi blannu'r bali blodau i gyd ar ôl dod adre. Dwi'n casáu plannu bali blodau. Roedd y busnes troi'n ddafad ma'n mynd yn boen go iawn.

Pennod 4

'Mhen rhyw wythnos wedyn mi es am dro ar ôl swper a dringo fy hoff goeden er mwyn cael llonydd i feddwl. Mae'n goeden dderwen fawr efo canghennau llydan, a phan o'n i tua deg mi wnes i drio gwneud math o dŷ i mi fy hun ynddi. Y cwbl lwyddais i'w wneud oedd hoelio dau goedyn o un gangen wastad i'r llall, a rhwygo tin 'y nhrowsus ar un o'r hoelion wythnos yn ddiweddarach. Mi ges i row gan Mam ac wedyn mi bwdes a gadael fy DIY fel roedd o. Ond mae'n gwneud lle da i eistedd ymhell uwchben pawb a phopeth. Ac ro'n i wir angen llonydd i feddwl.

Pam 'mod i wedi dechra troi'n ddafad mwya sydyn? Sut ro'n i'n mynd i stopio troi'n blincin dafad? Ro'n i'n dechrau sylweddoli 'mod i'n troi'n gynharach bob nos, ac yn aros fel dafad yn hwyrach yn y bore hefyd. Oedd hyn yn golygu y byddwn i'n ddafad drwy'r dydd, bob dydd cyn bo hir? Mi fyddai'n rhaid i mi ddatrys y peth yn o handi. Ond sut? Doedd gen i'm clem lle i ddechra. Ella y dylwn i gyfadde wrth rywun – ond pwy?

"Dewi? Be ti'n neud fyny fan'na?"

O na. Lowri, yn sbio arna i o droed y goeden.

"Dos o ma."

"Na 'naf. Helpa fi fyny."

"Pam dylwn i?"

"Am bo fi isio deud sori."

"Ti wedi. Rŵan dos o ma."

"Paid â bod fel'na. Mae'n flin gen i am agor 'y ngheg am giât yr ardd."

"'Swn i feddwl 'fyd."

"Ond ti nath adael y giât yn gored ynde?" Wnes i'm trafferthu ateb. "O, Ty'd 'laen. Helpa fi fyny Dewi, plîs. Dwi'n gwbod bod 'na rwbath yn bod a dwi isio dy helpu di."

"Ti? Dim ond naw oed wyt ti a ti'n hogan. Be fedri di neud?"

"Aha. Felly mae 'na rwbath yn bod. Helpa fi fyny, neu mi fydda i 'di torri 'nghoes a chdi geith y bai."

Jadan. Ond roedd hi'n iawn. Mi estynnais i lawr a'i llusgo i fyny.

"Ti'n mynd yn drwm am hogan naw oed."

"Hy. Ti sy'n wan am hogyn tair ar ddeg."

Eisteddodd yn ofalus wrth fy ochr i.

"Rŵan ta," meddai, "be sy'n bod Dewi? Pam roeddet ti'n gorwedd yn y cae un bore efo dim byd amdanat ti?"

Mi fues i'n pendroni am hir. O'n i'n mynd i ddeud

wrthi? Be os byddai hi jest yn chwerthin yn fy wyneb i? Be fysach chi wedi'i neud yn fy sefyllfa i?

"'Nei di mo 'nghoelio i," meddwn i yn y diwedd.

"Tria fi."

"Os ti'n addo peidio chwerthin, achos tydi o'm yn ddigri."

"Addo, cris croes tân poeth," meddai gan lyfu ei bys canol a'i dynnu ar draws ei chorn gwddw mewn siâp croes.

"Ac addo peidio deud wrth neb."

"Addo."

"Neb o gwbl, neb yn y byd?"

"Addo ar y Beibl!"

"Iawn. Reit … mae hyn yn mynd i swnio'n hurt bost. Dwi prin yn coelio'r peth 'yn hun, ond mae o'n wir."

"Ia?"

"Dwi 'di dechra troi'n ddafad."

Edrychodd yn wirion arna i am 'chydig, yna ysgwyd ei phen a phiffian chwerthin.

"Nest ti addo peidio chwerthin!"

"Ia, ond ti 'rioed yn disgwyl i mi goelio hynna! Be sy'n bod go iawn?"

"Dwi newydd ddeud wrthat ti! Dwi'n troi'n ddafad – bob nos – ers dyddia! A dio'm yn blwmin digri!"

"Ond pam bysat ti'n troi'n ddafad?"

"Dwi'm yn gwbod! Mae o jest yn digwydd!"

"Mae'n rhaid mai breuddwydio wyt ti."

"Naci. Mae o'n digwydd go iawn. Pwy ti'n meddwl fytodd blanhigion Mam i gyd?"

"Ti? Ond pam?"

"Am mai dafad o'n i!"

Ro'n i'n dechrau gwylltio rŵan.

"Yli Dewi, jest am 'mod i 'mond yn naw oed, sdim isio 'nhrin i fel taswn i'n dwp, nag oes?"

"Tydw i ddim! Dwi'n deud y gwir!"

"Nag wyt ddim. A dwi methu credu dy fod ti'n disgwyl i mi fod yn ddigon dwl i goelio stori wirion fel'na. Troi'n ddafad … !"

"Ddeudis i na fysat ti'n 'y nghoelio i'n do!"

"Os ti'n mynd i weiddi arna i fel'na, dwi'n mynd. Helpa fi lawr."

"Stwffio chdi," meddwn i'n swta, a phlethu 'mreichiau.

"Iawn! Mi 'na i neidio, ac os dwi'n torri 'nghoes, dy fai di fydd o!"

"Efo dipyn o lwc, nei di landio ar dy ben!"

"O! Ti'n hen grinc … dim ond isio helpu ro'n i."

"A'r cwbl wnest ti oedd chwerthin a gwrthod 'y nghoelio i!"

"Tasa gen ti brawf o'r peth, ella 'swn i'n gwrando. Ond sgen ti ddim, nag oes?"

Edrychodd arna i efo'r hen geg fach pen ôl iâr 'na mae hi'n 'i neud pan mae hi'n trio profi pwynt. Wnes i'm trafferthu ateb am dipyn, wedyn.

"Aros di tan heno. Gei di weld," meddwn, "mi ddo i i dy lofft di, a gei di weld."

"Ia, ia … "

"A phan weli di 'mod i'n deud y gwir, dos â fi i'r cae i bori am chydig, wedyn ty'd â fi'n ôl a gneud yn siŵr bod pob drws a giât ar gau ar ein hola ni."

"Ia, ia … " meddai gan rhowlio ei llygaid. "Rŵan, ti'n mynd i helpu fi lawr?"

"Os ti'n addo mynd â fi i bori heno."

Rhowliodd ei llygaid eto, hanner nodio, ac mi ollyngais hi i lawr o'r gangen yn araf. Ond wedi iddi ddiflannu rownd y gornel, ro'n i'n difaru … mi ddylwn i fod wedi gadael iddi dorri ei choes.

Pennod 5

"Aaaa!!!"

Typical. Ro'n i'n gwbod y byddai Lowri'n gneud ffys wirion fel 'na. Ond gan 'mod i'n ddafad, ro'n i methu deud wrthi am gau 'i cheg, nag o'n? Roedd hi'n sbio'n hurt arna i o'i gwely pinc, yn 'i phyjamas pinc a'i llaw yn dal ar swits y golau efo lampshêd pinc. Ro'n i'n teimlo fel cyfogi ynghanol yr holl binc, ond ro'n i'n benderfynol o brofi iddi 'mod i'n deud y gwir.

"Dewi?" sibrydodd yn sydyn. "Ti sy 'na?"

Diolch byth. Nodiais fy mhen.

"Profa fo ta. Profa mai dim rhyw ddafad ddrwg sydd jest wedi dringo'r grisia i mewn i'n llofft i wyt ti."

Asiffeta. Pa ddafad go iawn fyddai isio gneud hynny? A sut gebyst ro'n i fod profi iddi mai fi o'n i? Brefais yn dawel, ond yn llawn rhwystredigaeth.

"Tydi brefu ddim yn ddigon. Gwna rhwbath."

Be goblyn roedd hi'n ddisgwyl i mi neud? Canu 'Mi Welais Jac y Do?' Sefyll ar 'y mhen? Dafad o'n i! Stompiais fy ngharnau ar y carped (pinc) mewn stremp, a chamais ymlaen ati. Edrychodd arna i'n amheus.

"'Di hynna'n profi dim. Gwna rhwbath fysa Dewi'n neud."

Felly rhois i hedbyt iddi.

"*Aww!*" Rhwbiodd ei thalcen a rhoi peltan i mi ar draws 'y nhrwyn. "Dewi, ti'n rêl crinc … doedd 'na'm angen gneud hynna, nag oedd?!" cwynodd.

Oedd. Roedd hi wedi sylweddoli o'r diwedd mai fi ro'n i, doedd?

Gwisgodd ei chôt-godi a'i thrênars (ia – pinc) gan giglan.

"Dwi'm yn coelio hyn! O't ti'n deud y gwir wedi'r cwbl! O mai god! Mae 'mrawd i'n ddafad! Digri ta be?"

Roedd hi'n gofyn am hedbyt arall yn y munud.

O'r diwedd, roedden ni allan o'r tŷ, ac yn cerdded am y cae, ac ro'n i'n llwgu. Ro'n i wedi gorfod bwyta rhywfaint o'r byrgars cig eidion gawson ni i swper, ond ro'n i wedi llwyddo i roi'r rhan fwya mewn hances yn 'y mhoced heb i neb sylwi, a'i daflu (o bell) i'r cŵn wedyn. Wnes i'm meiddio ei roi yn y bin rhag ofn i Mam ddod o hyd iddo fo.

Dwi'm yn gwbod ydi mamau pobol eraill yn archwilio cynnwys biniau, ond mae gan fy mam i lygaid *X-ray*. Mi falais i un o'i hornaments hi ryw dro, ac ro'n i'n ormod o gachgi i gyfadde iddi, felly mi lapiais i'r cwbl mewn papur newydd a'u stwffio i waelod y bin. Do, mi ddoth o hyd iddyn nhw, a dwi'n dal ddim yn dallt sut.

Ta waeth, mi ges i fwyta llond 'y mol o laswellt mewn llonyddwch. Am fod Lowri efo fi, mi gadwodd y defaid eraill yn ddigon pell, ond ro'n i'n gallu eu clywed nhw'n brefu petha snichlyd o ben draw'r cae. Ew, mae defaid yn gallu bod yn betha sbeitlyd – a digywilydd! Taswn i'n deud wrthach chi'n union be roedden nhw'n ei ddeud, mi fysech chi'n cochi at y'ch clustia. Ond dyna fo, ro'n i'n cael fy mwydro o'r ochr arall gan Lowri. Roedd hi'n siarad efo hi ei hun a/neu efo fi fel melin bupur.

"Pa mor hir wyt ti'n mynd i fod yn ddafad ta? Dwi'n dechra laru rŵan. O hec, ia, ti methu ateb, nag wyt? Elli di'm nodio dy ben i ateb neu rwbath? Nest ti ysgwyd dy ben rŵan? Pam? Ti jest eisio bod yn ddiog dwyt? Ydi'r gwair 'na'n neis sgwn i? Fatha sbinatsh neu gabej mae'n siŵr tydi? Dwi'n dal yn methu coelio bod gen i frawd sy'n ddafad … yn ddafad go iawn. A sbia gwlân glân, neis sy gen ti. Gad i mi jest twtshad … " Mi ddechreuodd roi mwytha i mi wedyn, crafu 'mhen i a ballu. Roedd o'n deimlad reit braf a deud y gwir.

"O, ti'n fflyffi neis sti. Os byddi di'n dal yn ddafad am sbel, ti'n meddwl y bydd yn rhaid i ti gael dy gneifio?"

Sythais yn syth. Do'n i'm 'di meddwl am y ffasiwn beth. Cael 'y nghneifio?! Fy mhen yn sownd rhwng coesau Dad, neu gwaeth fyth, Ifan Bwlch Bach sy'n contractio i ni ac yn rêl bwtsiar, a'i wellau o'n torri 'nghroen i nes byddwn i'n gwaedu fel mochyn? Wrth reswm, tydyn nhw ddim yn cneifio ganol nos, ond ro'n i'n bendant yn troi'n ddafad yn gynharach bob dydd, awr yn gynt tro ma, ac os byddai pethau'n dal ati i ddilyn y patrwm, erbyn adeg cneifio, mi fyddwn i'n ddafad yn ystod y dydd hefyd. Es i'n chwys oer drosta i.

"Ti'n lot neisiach fel dafad sti," meddai Lowri, "dwi'n gallu siarad yn gall efo ti a ti'm yn ateb yn ôl a deud petha cas wrtha i."

Siarad yn gall? Roedd yr hogan yn mwydro 'mhen i, yn ogystal â'i fwytho fo.

"W!" meddai'n sydyn. "Be 'di'r petha caled ma ar dop dy ben di? Hei – ti'n dechra tyfu cyrn, Dewi! Ti'n troi'n hwrdd!"

O, naaa …

Pennod 6

Roedd hi bron yn saith erbyn i mi droi'n ôl yn fi fy hun y bore hwnnw, ac roedd Lowri wedi syrthio i gysgu ar 'y mhen i yn y cae. Drapia, roedd hi i fod mynd â fi'n ôl i'r tŷ ar ôl i mi bori chydig – a rŵan ro'n i'n noeth yn y cae eto! Mi wnes i dynnu ei chôt-godi oddi arni cyn ei deffro'n iawn, fel mod i'n gallu cuddio rhywfaint ar fy nghrown jewels.

"Y? Lle dwi?" gofynnodd yn gysglyd wrth i mi ei chodi ar ei thraed.

"Yn cae. A rŵan dan ni'n mynd yn ôl i'r tŷ'n reit handi – a chau dy geg, dan ni'm isio deffro neb."

"O ia, nest ti droi'n ddafad, yndo?"

"Do. Paid ti â deud wrth neb cofia. Mi gawn ni sgwrs am y peth nes mlaen. Rŵan Ty'd."

Mi lwyddais i gyrraedd 'y ngwely heb ddeffro Gareth, ond mi fethais â chwympo'n ôl i gysgu am 'mod i'n poeni gymaint. Ro'n i jest yn gweld fy hun yn cael fy nghneifio drosodd a throsodd, yn cael fy nhaflu dros fy mhen i dwb tipio, yn cael fy ngwasgu i mewn i drelar Ifor Williams efo llwyth o ddefaid eraill,

ac yn cael fy ngwerthu yn y mart i Jones y Bwtsiar ...
Roedd yn rhaid i mi roi stop ar y troi'n ddafad ma cyn
iddi fod yn rhy hwyr!

"Be sy'n bod arnat ti'n tuchan fel'na?" Llais blin
Gareth o ben arall y llofft. "Ti'n sâl neu rwbath?"

"Nac 'dw."

"Cau dy geg ta."

Felly mi wnes. Cyn pen dim, roedd Mam yn
waldio sosbenni lawr staer.

"Gareth-Dewi-Lowri! Brecwast!"

Am ei bod hi'n fore Sul, roedd hi wedi ffrio llond
gwlad o facwn ac wy, ac roedd Dad ar ganol stwffio'i
wyneb pan ddaethon ni i gyd lawr. Roedd yr ogla'n
troi arna i.

"Jest Cornfflêcs i mi Mam, plîs."

"Eto?" meddai Mam, "Ond rwyt ti wrth dy fodd
efo bacwn fel arfer. Ti'n sâl dŵad?"

"Nac 'dw," gan roi edrychiad sydyn i gyfeiriad
Lowri oedd yn gwenu fel giât.

"Ond mae 'na rwbath yn bod," meddai Mam gan
roi ei llaw ar fy nhalcen i. "Ti'm wedi bod yn ti dy hun
ers dyddie."

Mi ddechreuodd Lowri biffian chwerthin, a rhois i
gic iddi dan y bwrdd.

"Mae 'na ogla rhyfedd yn y llofft bob bore rŵan,
dyna'r cwbl wn i," meddai Gareth gan edrych arna i'n
gyhuddgar. "A dio'm byd i neud efo fi."

"Sut fath o ogla?" holodd Dad, a'i geg yn llawn o frechdan wy.

"Dwn i'm. Jest ogla gwahanol i'r arfer."

"Dwi'n synnu dim," meddai Mam. "Dwi'm wedi gallu llnau'r lle'n iawn ers wythnosau, achos dwi methu gweld y carped! Hen bryd i chi'ch dau glirio'ch llanast i mi gael hwfro yna."

"Rhwbath i chi neud yn syth ar ôl brecwast felly, hogia," meddai Dad.

"Y? Ond mae'n ddydd Sul," meddai Gareth, "diwrnod o orffwys i fod."

"Os wyt ti 'di troi'n grefyddol mwya sydyn, mi gei di fynd i'r capel pnawn ma 'fyd," meddai Dad.

Mi gaeodd hynna geg Gareth yn o handi.

Felly, er ei bod hi'n ddiwrnod braf, bendigedig, mi fu'n rhaid i Gareth a finna aros yn y tŷ i glirio'r llofft. Dwi'n casáu clirio, ac yn gneud 'y ngora i'w orffan o'n sydyn, ond roedd Mam yn stwffio'i phen i mewn yn dragwyddol.

"Paid ti â meiddio jest gwthio pob dim dan y gwely, Dewi! Dwi isio gallu hwfro o dan fan'na 'fyd! A hwda – dyma bolish a chadach i chi – dwi isio gallu gweld y sglein ar y cypyrdda 'na. A dowch â'ch dillad gwely i mi – mi sychith pob dim mewn chwinciad ar y lein heddiw."

Mi wnes i drio lapio 'nillad gwely fel nad oedd hi'n gallu gweld yr holl faw oedd drostyn nhw, ond roedd ei sbectol *X-ray* hi gam ar y blaen eto.

"Dewi! Be goblyn ydi hyn? Sbia golwg!"

"Ym … "

"Be ti 'di bod yn neud? Nofio mewn pwll o fwd cyn mynd i dy wely? Pryd buest ti yn y gawod 'na ddwytha?"

"Ym … "

"Gad i mi weld dy draed di! Tynna'r trênars 'na'r munud ma!"

"Ond, Mam … "

"Rŵan!" Doedd gen i'm dewis ac wrth gwrs, roedd 'y nhraed i'n sglyfaethus ar ôl bod yn pori drwy'r nos.

"Dyna be 'di'r ogla … " gwenodd Gareth yn smyg i gyd.

"Cawod! Rŵan!" sgrechiodd Mam. "Sgwria dy hun yn iawn a rhwng bodia dy draed! Dwi methu coelio hyn. Ti'n dair ar ddeg rŵan Dewi, a ti byth 'di dysgu molchi'n iawn! Be sy'n bod arnat ti, y?"

"Drong," meddai Gareth.

"O, gadwch lonydd iddo fo," meddai Lowri o'r landing, "mae o jest yn mynd drwy gyfnod anodd, dyna'i gyd."

"Be ti'n rwdlan, 'cyfnod anodd'?" wfftiodd Gareth.

"Mae o mewn oed anodd tydi? Ar y ffin rhwng bod yn blentyn a dyn ifanc yn ei arddegau, a … "

"Be wst ti am betha fel'na?" chwarddodd Gareth, "naw oed wyt ti, a ti'n siarad fel ryw hen athrawes!"

"Dwi'n darllen, dyna'i gyd, a 'sa'n gneud lles i chditha ddarllen rhywfaint hefyd Gareth, fel bo chdi'n dysgu rhwbath am y byd o dy gwmpas a gallu meddwl am fwy na jest dy fol a ffwtbol."

"Argol, ti'n codi dychryn arna i weithia Lowri," meddai Mam.

"A finna," cytunodd Gareth, "ac os ydi darllen yn gneud i rywun fod fatha chdi, mae'n well gen i fod yn dwp."

"Drong," meddai Lowri, gan droi ar ei sawdl a cherdded oddi 'no efo'i thrwyn yn yr awyr. Roedd yr hogan yn codi ofn arna i hefyd, ond o leia roedd hi wedi llwyddo i dynnu sylw Mam oddi ar fy nillad gwely budron i.

Mi ges gyfle i gael sgwrs efo hi ar ôl cinio, pan ddoth hi i droed y goeden dderwen eto.

"Wel? Ti 'di cael cyfle i roi dy *IQ* anhygoel ar waith?" gofynnais ar ôl ei llusgo i fyny ata i. "Unrhyw syniad pam 'mod i wedi dechra troi'n ddafad mwya sydyn a sut dwi'n mynd i allu stopio?"

"Wel ... " meddai'n bwyllog a phwysig, "dwi wedi bod yn meddwl am y peth drwy'r nos fel mae'n digwydd."

"A?"

"Mi allet ti fynd at y doctor."

"Be?! Callia. Does 'na'r un doctor yn mynd i 'nghoelio i, nag oes? Hyd yn oed tasan nhw, dwi'm isio bod fel ET yn y ffilm, yn diwbs a ballu i gyd. Dwi'm yn mynd at 'run doctor nes bydd petha 'di mynd i'r pen."

"Os arhosi di nes bydd petha 'di mynd i'r pen, y milfeddyg fyddi di ei angen, dim doctor."

"Ha ha. Ond, pam ti'n meddwl bod hyn wedi digwydd i mi? Pam fi? Pam ddim chdi neu Gareth?"

"Wel … nest ti ddisgyn i mewn i'r twb dipio defaid y llynedd yndo? Ella bod 'na ryw gemegolion 'di mynd i mewn i dy gorff di rywsut."

"Ond mae pob ffarmwr yn cael rhywfaint o stwff dipio drostyn nhw ryw ben, a tydyn nhw'm yn troi'n ddefaid!"

"Iawn, dwi jest yn mynd drwy wahanol bosibiliadau fesul un … Rŵan, dwi'n cofio Mam yn deud dy fod ti'n arfer bwyta pw pw defaid fel peth gwirion pan oeddat ti'n fach."

"Mae 'na lot o blant yn gneud hynny!"

"'Nes i 'rioed. Pam roeddat ti'n gneud y ffasiwn beth, beth bynnag?"

"Be wn i? Meddwl mai cyrains neu licrish oeddan nhw mae'n debyg."

"Doeddat ti'm yn yfed o botel yr oen llywaeth 'fyd? Un swig i'r oen ac un i chdi medda Dad."

"Be? Ti'n meddwl bod y jyrms 'di effeithio arna i?!"

"Wel, dwi ddim yn gw'bod nag 'dw? Ella bod pob dim gymeraist ti wedi mynd i mewn i dy gyfansoddiad di rywsut dros y blynyddoedd."

"Sori Lowri, ond dwi jest ddim yn gallu derbyn mai dyna'r rheswm. Mae'n rhaid bod 'na rwbath arall. Sut mae hogan naw oed yn gwbod geiria mawr hir fel 'cyfansoddiad' beth bynnag? Dio'm yn naturiol."

"O, gwranda ar y boi sy'n troi'n ddafad bob nos … " Dechreuodd rwbio ei gên fel rhyw ddarlithydd, i ddangos ei bod hi'n meddwl yn galetach. "Iawn," meddai yn y diwedd, "os nad wyt ti'n derbyn 'run o'r rhesymau yna, gad i ni fynd i gyfeiriad arall. Pan fydd pobol yn troi'n *vampires* neu'n *werewolves*, cael eu brathu maen nhw. Gest ti dy frathu gan ddafad erioed?"

"Paid â bod yn wirion – 'di defaid ddim yn brathu!"

"Ond mae ganddyn nhw ddannedd!"

Dyna pryd cofies i bod hen hesbin blin wedi rhoi rhyw fath o frathiad bach i mi, fis neu ddau'n ôl. Doedd o'm wedi brifo, ond roedd ôl ei dannedd ar fy llaw i am ddiwrnod go lew. Plethodd Lowri ei breichiau'n hunan fodlon.

"Dyna oedd o felly! Dyna be ddigwyddodd!"

"Ella, ond fedran ni'm bod yn siŵr. Os mai dyna oedd o, sut mae 'ngwella i?"

"Wel, os 'dan ni'n dal i ddilyn patrwm *vampires* neu *werewolves*, bwled arian neu stanc drwy dy galon di."

"Ia, ond marw roeddan nhw wedyn ynde?"

"Ia."

"Ond dwi'm isio marw!"

"Wyt ti isio bod yn hanner hogyn, a hanner dafad am weddill dy oes?"

"Nag oes! Ond dwi'n bendant ddim isio i chdi drio stwffio stanc drwy 'nghalon i! P'un bynnag, roedd *vampires* a *werewolves*, yn betha peryglus oedd yn byta pobol! Dafad ddiniwed ydw i sy ddim yn gneud drwg i neb!"

"Dim ond byta planhigion Mam i gyd a thorri 'i chalon hi. Erbyn meddwl, ella y dylan ni ddeud wrth Mam a Dad, er mwyn gweld fyddan nhw'n gwbod be i'w neud."

"Be am beidio?" Do'n i wir ddim isio iddyn nhw wybod os nad oedd rhaid. Wel? Fysach chi?

Yn y diwedd, mi benderfynon ni mai'r petha calla fyddai mynd i'r llyfrgell a mynd ar y We yn fan'no, i weld oedd 'na rywbeth tebyg wedi digwydd i bobol eraill ryw dro, rhywle yn y byd.

Pennod 7

Wythnos yn ddiweddarach, doedden ni ddim callach. Ro'n i wedi cael hanesion pobol oedd wedi cael eu geni'n flew i gyd, oedd yn debyg i fwncwn, a'r ffaith bod pobol yn aml yn mynd yn debyg i'w hanifeiliad anwes (mi fysech chi'n synnu faint o bobol sy'n edrych fel Afghan Hounds, St Bernards a Bulldogs – ia, hyll ofnadwy – a chathod Siamese) ond doedd 'na'm byd am neb yn dechrau troi'n ddefaid mwya sydyn.

"Paid â phoeni Dewi," meddai Lowri, "dwi'n siŵr o feddwl am rwbath yn y diwedd."

Yn y diwedd? Efallai byddai'r diwedd yn rhy hwyr!

Ro'n i wir yn dechra panicio rŵan. Ro'n i'n troi'n ddafad yn frawychus o gynnar bob nos ac yn aros fel dafad yn hwyrach bob bore. Roedd Gareth yn mynd i ddeffro a gweld dafad yn y gwely nesa ato fo unrhyw ddiwrnod. Yn waeth na dim, roedd gen i gyrn go iawn oedd yn gwrthod diflannu. Doedden nhw'm yn fawr nac yn gyrliog eto, ond roedden nhw rhyw ddwy fodfedd go dda. Lwcus bod gen i wallt sbeics, trwchus. Ond, 'nes i ddechra gwisgo cap beth bynnag, un coch, gwlân efo Cymru arno fo, oedd yn annifyr uffernol a hithau'n ganol haf. Do'n i jest yn methu stopio crafu 'mhen yn dragwyddol.

"Pam na dynni di'r cap 'na?" gofynnodd Menna Morgan wrtha i, gan droi ei thrwyn, yn y wers Ffrangeg.

"Am 'mod i'm isio."

"Ond mae'n amlwg yn mynd ar dy nerfau di. Ti'm 'di stopio crafu ers dechrau'r wers."

"Gin i hawl crafu os dwi isio."

"Ond mae o'n mynd ar 'y nerfau i. Sgin ti chwain neu rwbath?"

"Paid â bod yn wirion."

"Dewi a Menna!" gwaeddodd Mlle Jones nes roedden ni'n dau'n bownsio. "Faint o weithia sy'n rhaid i mi ddeud? *Taisez-vous! C'est moi qui parle!*" Do'n i'm yn dallt y Ffrangeg ond ro'n i'n dallt tôn y llais. Roedd hi isio i ni gau'n cega. Felly mi wnaethon ni, a chanolbwyntio ar ddeud y tywydd yn Ffrangeg. '*Il fait chaud*', ydi, 'mae hi'n boeth' ac ro'n i'n *très, très chaud*. Ro'n i'n toddi.

Ar ôl deng munud, mi gafodd Menna lond bol eto.

"Dyro'r gora i grafu nei di! Dwi'm yn gallu canolbwyntio!"

"Tyff!"

"Be sy? Heb olchi dy wallt heddiw?"

"Be ti'n feddwl, heddiw? Unwaith yr w'thnos

bydda i'n golchi 'ngwallt."

"O, ych! Mae hynna'n afiach!"

"Be s'an ti? Ti 'rioed yn golchi dy wallt bob dydd?"

"Wel ydw siŵr. Tydi pawb?"

"Nac 'dyn, Menna, dydyn nhw ddim. Mae'n amlwg bo gen ti obsesiwn efo glendid."

"Dim rhyfedd, yn gorfod ista wrth dy ochor di deirgwaith yr wythnos!"

"Dewi a Menna!" sgrechiodd Mlle Jones. "*Répétez ce que je viens de dire!*"

"Padyn?"

"Ail adroddwch – *répétez* – be dwi newydd ei ddeud!"

"Ym … "

"*Bon*, dewch i 'ngweld i ar ddiwedd y wers!"

Mi gawson ni'n dau ein cadw i mewn yn y llyfrgell dros amser cinio. Fflipin grêt. Doedd neb yno ond y fi a Menna Morgan a Mlle Jones. Roedd pawb arall y tu allan yn chwarae criced.

"Dy fai di oedd o," chwyrnodd Menna, gan frwshio'i gwallt am yr ugeinfed tro. Nes i ddeud bod ganddi obsesiwn yn'do?

"Naci tad, ti ddechreuodd swnian."

"Dim ond am dy fod ti'n crafu fel ryw hen gi wrth 'yn ochor i! A ti'n drewi 'fyd!"

"Drewi? Mi ges i fath neithiwr!" Ro'n i wedi bod yn pori yn y cae drwy'r nos wedyn ar ôl cael y bath, ond do'n i'm yn mynd i gyfadde hynny nag o'n?

"Wel dwyt ti un ai ddim yn defnyddio sebon digon cry neu'n cysgu efo llond gwely o ddefaid," meddai hi'n snichlyd, "achos ti'n ogleuo'n union fel dafad!"

"Y? 'Di defaid ddim yn drewi!" Edrychodd hi arna i fel taswn i'n faw ac ysgwyd ei phen yn ddiamynedd.

"Dyna brofi dy fod ti rêl blincin ffarmwr."

"Oi! A be sy mor 'blincin' am fod yn rêl ffarmwr, y? Dwi'n falch 'mod i'n byw ar ffarm!"

"A dw inna'n falch 'mod i ddim!"

Mae'n rhaid ei bod hi wedi mynd i deimlad achos mi fflingiodd ei braich yn wyllt wrth ddeud hynna, a tharo pentwr mawr o lyfrau drosodd. Mi blygais yn sydyn i drio eu dal nhw, ac mi neidiodd hitha i'r un cyfeiriad yr un pryd. Felly mi gyfarfu'r ddau ohonan ni yn y canol yn'do – talcen wrth dalcen – efo homar o glec. Ro'n i'n gweld sêr am sbel, a hitha hefyd, debyg.

"Sori, ti'n iawn?" gofynnais gan rwbio 'nhalcen.

"Nac 'dw. Mae gen ti ben fel wal frics."

"Dydi d'un ditha ddim cweit fel sbwnj chwaith."

"Nac 'di mae'n siŵr. Sori." Ac mi wenodd arna i.

Roedd ein pennau ni'n dal reit agos at ei gilydd, ac am y tro cynta rioed, mi wnes i sylwi ar ei llygaid hi. Roedden nhw'n lliw mwya od.

"Hei, mae gen ti lygaid anhygoel," meddwn heb feddwl.

"Oes?"

"Oes, maen nhw'n felyn."

"Paid â malu. Gwyrdd ydyn nhw, efo chydig o frown. *Hazel*."

"Naci tad. Maen nhw'n felyn. Hollol felyn."

"Nac 'dyn ddim!"

"Ydyn maen nhw! Yli, fi sy'n sbio arnyn nhw, ddim chdi!"

"Ti angen sbectol felly, neu mae'r glec 'na wedi dy ffwndro di," meddai hi'n flin. "Gwyrdd ydyn nhw, reit? Mae'n rhaid bod y gola mewn fan'ma'n rhyfedd neu rwbath. Erbyn meddwl, mae dy lygaid di'n edrych yn wahanol i'r arfer 'fyd."

"Ydyn?"

"Maen nhw'n frown ofnadwy o dywyll."

"Ia, ond llygaid brown sydd gen i rioed."

"Ddim mor dywyll â hynna."

"O." Ro'n i isio deud rhwbath pellach, ond mi ganodd y gloch.

Roedd gynnon ni wers chwaraeon ar ôl cofrestru'r pnawn: athletau. Dwi'n eitha da am sbrintio fel arfer, yn cael fy newis ar gyfer y tîm cyfnewid o leia, ac yn gallu taflu'r waywffon yn eitha da weithia, ond prin 'mod i'n Colin Jackson. Rygbi ydi 'ngêm i a bod yn onest. Ond tro ma, mi ges i, a Mr Ap Iwan, yr athro chwaraeon, ffit biws. Roeddan ni i gyd yn cael cynnig ar bob camp, a'r un cynta oedd y naid hir, a phan neidiais i, roedd fel tasa 'na rywun wedi rhoi sbrings yn 'y nghoesa i. Mi fues i yn yr awyr am oes cyn glanio'n daclus ar fy mhedwar yn y tywod caled. Roedd yr hogia i gyd yn gegrwth, ac edrychodd Ap Iwan arna i'n hurt.

"Paid â symud!" meddai, "Mae'n rhaid i mi fesur honna!" Mi dynnodd ei dâp mesur allan o'i boced a mesur y naid yn frysiog. Dros bum metr. "Be sy 'di digwydd i ti Dewi?" meddai â sglein yn ei lygaid.

"Ym ... dwn i'm, Syr."

Ond roedd gen i syniad go lew. Tynnais fy nghap yn dynnach am fy mhen, a'i ddilyn at y naid uchel. Mi ddigwyddodd rhywbeth yn fan'no hefyd, ac mi hedfanais i dros 1' 80" yn hawdd. Roedd hi'n amlwg bod Ap Iwan wedi cynhyrfu'n rhacs erbyn hyn.

"Anhygoel! Gwych! Dwi'm yn dallt! Doeddet ti'm fel ma llynedd, Dewi. Wyt ti wedi bod yn ymarfer ar y slei neu rwbath?"

"Naddo, Syr."

"Ti'n siŵr?"

"Wir yr, Syr."

"Dewi ... dwyt ti'm wedi bod yn mocha efo ... steroids neu rwbath naddo?"

"Be? Naddo, Syr!"

"Hm. Wel, os byddi di'n dal ati fel hyn, dwi'n rhagweld y byddi di'n cyrraedd Chwareon Cymru eleni. Sut mae dy sbrintio di tybed? Hogia! Y can medr! Dowch!"

Wrth gwrs, mi gurais i'r lleill yn rhacs, hyd yn oed Jonno, sydd fel whipet. Mi ddigwyddodd yr un peth efo'r dau gant a'r pedwar cant. Mi nes i feddwl ella y byddai'n syniad i mi drio arafu, do'n i'm isio tynnu gormod o sylw ataf fi'n hun wedi'r cwbl, ond do'n i methu peidio rhedeg. Roedd o'n deimlad braf, rhedeg fel y gwynt fel 'na, a phasio pawb yn hawdd, a gweld wyneb Jonno a'r lleill wedyn. Allwn i'm peidio â gwenu.

"Be uffar sy wedi digwydd i chdi?" gofynnodd Bryn Tyddyn Drain, "fuest ti rioed yn gallu rhedeg fel 'na yn dy fyw."

"Naddo, mae 'na rwbath yn od am y peth," gwgodd Jonno. "Ac mae dy steil rhedeg di'n rhyfedd hefyd. Sut medri di fynd mor gyflym a chditha'n pwyso mlaen gymaint, ti bron ar dy bedwar?"

"Pawb â'i steil," meddwn i efo gwên.

A dyna pryd sylwais i fod y genod ar fin rhedeg. Roedd Menna Morgan yn ei chwrcwd, yn barod am y 'Paratowch, yn barod … ewch.'

"Ewch!" gwaeddodd Miss Humphreys, ac i ffwrdd â nhw. Wawi. Roedd y genod eraill yn rhedeg fel hetia, yn freichiau melin wynt a'u traed yn mynd am allan, a brestiau ambell un yn bownsio i fyny ac i lawr yn boenus. Ond roedd Menna Morgan yn rhedeg fel tase'i thraed hi ddim yn cyffwrdd ar y ddaear, yn llifo mynd, yn llyfn a pherffaith fel melfed. Dyna be oedd steil go iawn. Mi gyrhaeddodd y llinell cyn i'r lleill basio hanner ffordd.

"Oedd hi'n gallu rhedeg fel'na llynedd?" gofynnais i'r hogia.

"Menna Morgan? Oedd, yn bendant," meddai Gwynfor, "Mi dorrodd record can medr Blwyddyn Saith – a record y dau gant hefyd. Dwi'n cofio meddwl bod y peth yn od achos roedd hi fel rhech mewn potel yn yr ysgol gynradd. Rhyfedd fel mae rhai'n newid ar ôl cyrraedd yr ysgol uwchradd tydi? Y cyhyra'n cryfhau neu rwbath. Ella mai rhwbath felly sydd 'di digwydd i chdi, Dewi."

"Ia, rhwbath fel 'na mae'n debyg," meddwn, gan wylio Menna'n hedfan rownd y gornel wrth guro'r dau gan medr yn hawdd hefyd.

Pennod 8

Dwi'm yn gwbod oedd a wnelo'r holl redeg a neidio rhywbeth â'r peth, ond y noson honno, mi ddechreuais i droi'n ddafad yn llawer iawn cynt nag arfer. Ro'n i'n gallu teimlo'r hen grafu a chosi rhyfedd ma'n dod drosta i'n syth ar ôl swper.

"Ym … dwi'n meddwl a i am fath," cyhoeddais yn uchel, gan roi edrychiad i Lowri.

"Syniad da," meddai Gareth o'r soffa, "ti'n drewi." Weithia, does 'na'm pwynt ymateb, nag oes? Felly wnes i ddim.

Mi frysiais i fyny a chau drws y llofft yn glep y tu ôl i mi. Doedd 'na'm pwynt cael bath, ro'n i ar fin newid yn ddafad – roedd 'y nhraed i wrthi'n culhau a chaledu a 'mhen i'n newid ei siâp. Ond be ro'n i'n mynd i'w wneud? Byddai Gareth yn dod i mewn rhyw ben a rhoi'r golau mlaen (dydi o ddim yn foi ystyriol iawn i rannu stafell efo fo). Mi allwn i guddio fy hun yn llwyr o dan ddillad y gwely, ond doedd 'na'm sicrwydd na fyddai o'n gweld bod 'na siâp od arna i. Ro'n i'n dechrau panicio rŵan ac yn chwysu fel mochyn (wel, fel dafad), a dyma gnoc ysgafn ar y drws. O, na!

"Dewi? Fi sy ma," meddai Lowri drwy'r twll clo. "Gad fi mewn."

"Na wna!" Do'n i'm isio iddi 'ngweld i'n troi'n ddafad reit o'i blaen hi. Doedd o'm yn olygfa neis iawn a deud y lleia a dim ond naw oed yw hi wedi'r cwbl. Mi allai effeithio arni am byth.

"Ty'd 'laen! Dwi'n gwbod be sy!"

"Ond dwi ar ganol troi – a dio'm yn neis!"

"Hy. Dwi wedi dy weld ti'n noeth, cofia." *Cheeks*! Roedd yr hogan yn mynd yn rhy ddigywilydd o'r hanner. "Dewi! Gad fi mewn rŵan – cyn i ti droi, neu fyddwn ni'm yn gallu siarad na fyddan?"

Roedd hi'n iawn – fel arfer. Agorais y drws.

"O mai god!" meddai gan roi ei llaw dros ei cheg. "Ti'n hanner a hanner!" Roedd 'y nhraed a mreichiau i wedi troi'n llwyr, roedd 'y nhrwyn wedi tyfu ac roedd 'na wlân yn dechrau codi dros y gweddill ohona i. "Iechyd, ti'n hyll!" gwichiodd.

"Diolch Lowri. Jest be ro'n i angen clywed. Reit, be dwi'n mynd i neud? Mae Gareth yn mynd i 'ngweld i pan ddaw o i'w wely tydi?"

"Ti sio cysgu yn 'yn llofft i? Mi gei di gyrlio dan 'y ngwely i nes i Mam fynd i'w gwely."

"Ond bydd Gareth yn gweld 'mod i'm yn fa'ma'n bydd?"

"Rown ni lwyth o dy ddillad dan y dillad gwely i

neud iddo fo edrych fel tasat ti ynddo fo. Ty'd, brysia."

"Mi fydd rhaid i ti 'i neud o. Sgen i'm dwylo, nag oes?"

"O ia, nag oes ... sori."

Chwarae teg, mi nath hi joban reit dda o wneud twmpath tebyg i gorff dan y dwfe (tra o'n i'n troi'n ddafad o nghorun i'n sodla) ac i mewn â ni i'w llofft hi reit handi. Mi stwffiais fy hun o dan y gwely, ac aros yno – am hir. Roedd y carped yn fflyff a llwch i gyd ac ro'n i jest a marw isio tisian. Mi fu Lowri'n paldaruo a mwydro uwch fy mhen am oes, ac fel tase hynny ddim yn ddigon, mi ddechreuodd chwarae rhyw *girlybands* ar ei pheiriant CD. Ro'n i isio gweiddi arni i roi'r gorau iddi, ac mi wnes, ond be ddoth allan ond brefiad hyll.

"Dewi! Cau dy geg neu mi fydd Mam yn dy glywed di!"

Prin byddai neb yn gallu 'nghlywed i dros nadu'r genod bach gwirion 'na, ond mi gaeais fy ngheg – a rhoi cic i'r matres yn lle.

"Dewi ... bihafia," meddai Madam yn ei llais athrawes. "Rŵan, dwi'n gwbod dy fod ti'n anghyfforddus yn fan'na ac yn teimlo'n rhwystredig," (Rhwystredig?! Oedd yr hogan ma'n bwyta geiriaduron neu rwbath?) "ac yn poeni y byddi di'n ddafad am byth, ond dwi wedi bod yn meddwl. Dwi wir yn meddwl y dylen ni ddeud wrth Mam a Dad."

Be? Mi gafodd gic arall gen i. Roedd y syniad yn hollol dwp. Do'n i'm isio i Mam a Dad gael gwybod, nag o'n?

"Aw! Dyro'r gora iddi! Gwranda rŵan ... fyddi di'n ddafad bron drwy'r dydd cyn i ti droi rownd, a be os bydd Dad yn dy weld ti a mynd â chdi i'r sêl neu rwbath? Fysa fo byth yn 'y nghoelio i taswn i'n deud mai chdi oedd yr hwrdd ma na 'fsa? Fwy na fysa'r cigydd fysa'n dy brynu di ... "

Llyncais yn galed. Mi allwn i fod yn lamb chops, yn boddi mewn grefi a mint sôs cyn i mi allu deud 'Ond ... !'

"Mae hyn'na wedi dy sobri di'n do?" meddai Lowri mewn llais cleniach. "Dwi'n gallu'i deimlo fo. Ti'n crynu dwyt?"

Ro'n i fel malwen ar ben peiriant golchi a hwnnw ar sbin.

"Felly," aeth hi'n ei blaen, "os wyt ti'n cytuno efo fi, dyro un gic i'r matres, dwy os ti ddim."

Doedd dim rhaid i mi bendroni. Rhoddais gic i'r matres.

"Iawn. Ti'n gneud y peth iawn sti. Reit, pan ddaw Mam i mewn, 'na i ddeud wrthi, ac mi gei di ddod allan. Dwi'm yn meddwl y dylen ni gyhoeddi'r peth o flaen pawb jest fel'na, ond, dwi'm yn siŵr a ddylai Gareth wybod chwaith. Ti'n gwbod fel mae o."

O, oeddwn. Gwybod yn iawn.

Tua deg, daeth Mam i mewn i'r llofft.

"Ti'n iawn fan'na Lowri? Wedi llnau dy ddannedd?"

"Do, Mam. Ym … "

"Ia?"

"Yyy … mae gen i rwbath i ddeud wrthach chi a dwi'n meddwl y bysa'n well i chi ista i lawr gynta."

"O?" Gosododd Mam ei phen ôl ar y gwely. Ro'n i'n gallu teimlo'r sbrings yn dechrau gwasgu.

"Naci! Ddim fan'na! Fan'cw, ar y gader."

Gwelais draed bach pinc Lowri'n brysio ar draws y stafell i dynnu ei dillad oddi ar y gadair fach bren wrth y ffenest, ac yna slipars (croen dafad!) Mam yn ei dilyn. Eisteddodd efo ochenaid.

"Be sy?"

"Wel … dach chi'n gwbod y petha od sy wedi bod yn digwydd yn ddiweddar? Eich bloda chi a'r poted plants a ballu?"

"Ia … " Roedd tinc amheus yn ei llais hi'n syth.

"A 'dach chi 'di sylwi bod Dewi wedi bod yn rhyfedd yn ddiweddar yn'do?"

"Do … "

"Wel, mae arna i ofn bod rhwbath mawr a hynod anffodus wedi digwydd iddo fo."

"Mi fydd 'na rwbath mawr a hynod anffodus yn digwydd iddo fo os mai fo oedd yn gyfrifol am chwalu fy mhoted plants i 'fyd!"

"Mam! Gwitsiwch … ia, fo oedd yn gyfrifol mewn ffordd, ond ddim 'i fai o oedd o, achos … wel … peidiwch â dychryn, na sgrechian, na dim byd fel 'na rŵan Mam, ond … Dewi? Ty'd allan."

O, mam bach … ro'n i'n crynu'n ddireolaeth rŵan ac yn chwys diferol. Llusgais fy hun yn araf o ddiogelwch fy nghuddfan, codi 'mhen a cheisio gwenu ar Mam.

"Be ar y-?" gwaeddodd hitha'n syth, a neidio ar ei thraed.

"Mam! Hisht! Nes i ofyn i chi beidio â gweiddi!"

"Ond mae gen ti ddafad yn dy lofft!"

"Dim dafad ydi o!"

"Braidd yn fawr i fod yn gath tydi! Lowri! Ers pryd rwyt ti'n cadw dafad dan dy wely?!"

"Gwrandwch, dim dafad ydi o. Dwi'n gwbod ei fod o'n edrych fel dafad, ond wir i chi, eich mab chi, Dewi ydi o."

Dwi'm wedi gweld Mam yn gegrwth fel 'na o'r blaen. Mi edrychodd yn hurt ar Lowri, yna arna i, yna ar Lowri eto, ac eistedd yn ôl yn swrth ar y gadair. Doedd hi'm yn siŵr a ddylai hi chwerthin ta gwylltio, ro'n i'n gallu deud yn ôl y ffordd roedd ei cheg hi'n gwneud siapiau gwirion.

"Dydi hyn ddim yn ddigri Lowri."

"Nac 'di Mam, ddim o gwbl. Mae o'n ddifrifol iawn a dyna pam dan ni wedi penderfynu deud wrthach chi, i chi gael ein helpu ni."

"Y?"

"Mam, mae'ch mab chi'n troi'n ddafad bob nos ac mae ganddo fo gyrn yn ei ben."

"Lowri, gwranda," meddai Mam yn bendant gan godi ar 'i thraed eto. "Dwi'n falch iawn dy fod ti'n mwynhau darllen llyfra a bod dy ddychymyg di'n un hynod fyw, ond mae hyn yn dechra mynd dros ben llestri rŵan. Mae'r ddafad ma'n mynd o ma cyn iddi ddechra gneud ei busnes dros y lle ... Ty'd, helpa fi." Ac mi gerddodd tuag ata i, gafael mewn llond dyrnaid o'r gwlân ar fy ngwâr a dechrau fy llusgo at y drws.

"Dewi! Gwna rwbath i brofi mai chdi wyt ti!" meddai Lowri mewn panic glân.

Syniad da, ond be? Edrychais ar Mam ac edrychodd hi arna i. Felly, mi lyfais ei choes. Mi fyswn i wedi llyfu ei llaw hi ond ro'n i'n methu cyrraedd.

"Ych a fi! Be ti 'di ddysgu i'r ddafad ma?"

"Dewi! Dos at y silff lyfrau a phwyntia at *Lyfr Mawr y Plant!*" meddai Lowri'n sydyn.

A dyna wnes i, ac wedyn troi at Mam a thrio gwenu eto.

"Di hynna'n profi dim byd. Pam 'i bod hi'n dangos 'i dannedd fel'na o hyd? Ydi'r ddafad ma'n meddwl mai ci ydi hi?"

"Gwenu mae o Mam! Dewi, agora ddrws y wardrob a thynna 'nghôt goch i allan."

Iawn, syniad da eto. Gafaelais yn nolen drws y wardrob efo 'nannedd a thynnu. Côt goch? Roedd 'na gymaint o ddillad, allwn i'm gweld unrhyw gôt goch. Es i drwy'r cwbl efo nhrwyn a dod o hyd iddi o'r diwedd. Gafaelais ynddi efo nannedd a thynnu. Bu bron i'r bali wardrob ddisgyn ar 'y mhen i.

"Wel? Ydach chi'n 'y nghoelio i rŵan?" meddai Lowri'n fuddugoliaethus.

"Dwi'm yn ... o diar, dwi'm yn gwbod be i ... allet ti fod wedi hyfforddi'r ddafad ma i ... ond, na ... Dewi?"

Roedd Mam druan wedi mynd yn llwyd ac wedi eistedd yn swrth yn y gadair eto. Cerddais tuag ati, llyfu ei llaw a gosod fy ngên ar ei glin gan sbio i fyw ei llygaid fel byddwn i'n arfer gneud pan o'n i'n hogyn bach.

"Fo ydi o!" sibrydodd Mam druan, "Dwi'n nabod 'i lygaid o rŵan. O, Dewi!" Ac mi ddechreuodd grio.

"Peidiwch â chrio Mam, plîs!" meddai Lowri heb wybod beth i'w wneud.

"Ond sut ar y ... be ... pam bod Dewi wedi troi'n ddafad?" gofynnodd Mam mewn llais llesg wrth fwytho 'mhen i'n araf.

"'Dan ni'm yn gwbod. Mae o'n digwydd ers tipyn rŵan. Oedd o'n arfer troi ganol nos a throi'n ôl yn fo'i hun cyn i'r haul godi, ond mae o'n dechra troi'n gynharach bob nos rŵan, a does wybod pryd bydd o'n fo'i hun eto yn ystod y bore."

"Dydi hyn ddim yn gneud synnwyr o fath yn y byd! Sut medar hogyn droi'n ddafad dros nos?"

Aeth Lowri drwy'r holl resymau posib roedden ni'n dau wedi eu trafod yn barod: y ffaith i mi ddisgyn i mewn i'r twb tipio llynedd, 'mod i'n arfer bwyta baw defaid ac yfed o botel yr oen llywaeth pan o'n i'n fach.

"A be? Ti'n meddwl bod hynna i gyd wedi cael effaith arno fo dros y blynyddoedd? Mae'n hurt!"

"Jest mor hurt â'r ffaith bod eich mab chi'n ddafad!"

Roedd Lowri druan yn dechra colli amynedd. Ond chwarae teg i Mam, roedd hyn wedi bod yn dipyn o sioc iddi. Mae mamau eraill yn gorfod ymdopi efo'r ffaith bod eu meibion nhw'n rafins neu'n rabsgaliwns neu'n dwyn ceir neu rwbath, nid yn ddefaid oedd yn sglaffio'i blodau hi.

"Mae'n rhaid bod rheswm. Rhyw fath o eglurhad call," meddai Mam yn sydyn, "neu … ydach chi'ch dau'n cael hwyl am 'y mhen i? Rhyw wisg ffansi dres ydi o, ia? Yr hen gena bach … " a dyma hi'n dechrau tynnu yn fy nghyrn i fel tase hi'n trio sgriwio 'mhen i i ffwrdd! Mi waeddais – daeth allan fel brefiad fawr hyll wrth gwrs.

"Mam!" hisiodd Lowri, "Peidiwch! Dach chi'n 'i frifo fo! Sbiwch yn iawn arno fo – dio'm byd tebyg i wisg ffansi dres nac 'di!"

"Dwn i'm, maen nhw'n gallu gneud y petha rhyfedda dyddia yma."

"Ond sbiwch yn 'i geg o!" protestiodd Lowri gan dynnu 'ngwefusau ar wahan. "Ylwch! Mi fysach chi'n methu cael dannedd na thafod fel'na hyd yn oed tasech chi'n Steven Spielberg!"

Disgynnodd Mam yn swp diymadferth ar y llawr. Roedd hi'n edrych ddeng mlynedd yn hŷn, mwya sydyn.

"Dwi'm yn gwbod be i'w feddwl, wir. Mae hyn mor … "

"Dwi'n gwbod. Mi ges inna sioc hefyd. Ond, meddyliwch y sioc gafodd Dewi. Meddyliwch sut mae o'n teimlo!"

Nodiodd Mam ei phen ac estyn tuag ata i i fwytho 'mhen i eto. Cyrliais yn belen o'i blaen hi. Ro'n i'n dechrau mwynhau'r mwytha ma.

"Dwi'm yn gwbod be i'w neud. Ond mi fydd dy Dad. Mi fydd rhaid i ni ddeud wrtho fo," cyhoeddodd Mam, rŵan.

"Gwitsiwch funud," meddai Lowri'n syth. "Dwi'm yn siŵr ydi hynny'n beth call. Mi gawson ni ddigon o drafferth yn eich cael chi i'n coelio ni. Mi fysa'n cymryd gwyrth i berswadio Dad. A ph'un bynnag, mae Gareth efo fo ac mi fysa gadael i hwnnw wybod yn gamgymeriad mawr."

"Pam?"

"Fedar Gareth ddim cau 'i geg 'na fedar. Mi fysa'r stori rownd y dre a'r ysgol cyn i chi droi a 'dan ni'm isio hynny, nac 'dan?"

"Argol, nac 'dan!"cytunodd Mam yn syth, "ond dwi'n dal isio deud wrth Dad. Mae o wastad yn gwbod be i'w neud mewn creisis."

"Ia, rhwbath syml fel draen wedi blocio neu'r car yn methu cychwyn," meddai Lowri, "ond dwi'm yn gwbod sut bydd o'n ymateb i hyn!"

"Wel, mi gawn ni weld," meddai Mam, "nawn ni aros i Gareth fynd i'w wely a deud wrtho fo wedyn."

Doedd Lowri ddim yn hapus, ond mi gytunodd, ac mi nodiais inna hefyd. Mae Dad yn foi reit gall a rhesymol fel arfer, felly do'n i ddim yn poeni'n ormodol.

Aeth Lowri'n ôl i'r gwely, ac es i'n ôl o dan y gwely rhag ofn i Gareth gerdded i mewn.

Aeth Mam i'r gegin er mwyn paratoi be'n union roedd hi'n mynd i'w ddeud wrth Dad.

Pennod 9

Mae'n rhaid 'mod i wedi syrthio i gysgu. Mi ges i goblyn o fraw o deimlo rhywun yn fy mhwnio yn fy stumog. Mam oedd hi, yn siarad mor gyflym, doedd 'na'm atalnod.

"Dewi! Mae'n wir ddrwg gen i! Ro'n i mor brysur yn y gegin yn paratoi be o'n i'n mynd i'w ddeud – a gneud tarten riwbob i gadw fy hun yn brysur tra o'n i'n meddwl am y peth – a deud y gwir, nes i dair – a Victoria Sponge. Ro'n i'n gorfod gneud rhwbath, achos o'n i jest â mynd yn wirion! Wedyn, yn fy mhrysurdeb, nes i'm clywed dy Dad yn mynd i'w wely. Mi ro'n i wedi bod yn taro 'mhen i mewn bob hyn a hyn ond roedd Gareth ac ynta'n dal i watsiad rhyw ffilm ryfedd, wedyn mae'n rhaid 'i fod o wedi mynd yn fuan ar ôl Gareth – mi roedd golwg wedi blino arno fo erbyn meddwl – ac erbyn i mi fynd drwadd, roedd o wedi hen fynd. Es i i'r llofft a dyna lle'r oedd o'n rhochian cysgu! Mi nes i drio'i ddeffro fo – ond ti'n gwbod sut un ydi o yn 'i gwsg!"

Gwybod yn iawn, mi fyddai Dad yn gallu cysgu'n

sownd hyd yn oed tase 'na Jac Codi Baw'n hedfan drwy'r to, a phe bai rhywun yn trio'i ddeffro fo cyn iddo fo gael ei chwe awr arferol o gwsg … gwae nhw.

"Mi fues i'n ei ysgwyd o a'i binsio fo nes deffrodd o, ond ew ges i lond pen ganddo fo cofia! Roedd yr awyr yn las! Ac aeth o'n ôl i gysgu'n syth, felly dwi wedi penderfynu gadael y peth tan y bore. Iawn?" Nodiais. "Fyddi di'n iawn yn fama tan y bore?" Nodiais eto. "Ti'm isio … ym … pi pi na'm byd wyt ti?"

Mam i'r carn. Hyd yn oed ynghanol creisis roedd hi'n poeni am y carped. Ond roedd hi'n digwydd bod yn iawn, ro'n i jest â byrstio. Nodiais yn bendant iawn.

"Reit," meddai Mam, wedi ymbwyllo chydig, "mi adewai'r drysau'n gored i ti gael mynd mewn ac allan. Ew, dwi 'di blino rŵan, ond dwn i'm sut a i i gysgu chwaith a hyn i gyd yn troi yn 'y mhen i. Lowri druan yn cysgu'n sownd, ydi mach i?"

Oedd. Merch ei thad.

Dechreuodd Mam fwytho 'mhen i eto. "Fyddi di'n iawn sti Dewi. Fyddi di'm fel ma'n hir iawn eto. Mi fydd Dad yn siŵr o gael trefn ar betha. Nos da 'ngwas i." Rhoddodd gusan i mi ar 'y nghorun, sychu 'i thrwyn efo'i llawes a chychwyn i lawr y grisiau i agor drws y cefn i mi.

Mam druan. Ro'n i'n teimlo'n euog am ei rhoi hi drwy hyn, ond … hei, dim 'y mai i oedd o 'mod i'n wlân i gyd, naci?

Es i lawr grisiau ar ei hôl hi ac allan drwy'r drws i'r tywyllwch. Ond ro'n i'n gweld fel tase hi'n olau dydd wrth gwrs. Un, a dim ond un agwedd bositif o fod yn ddafad. Wel a gallu rhedeg.

Mi ddechreuodd y defaid ar y ddôl frefu arna i'n syth, ond do'n i'm yn meddwl llawer o'u hagwedd nhw. Roedden nhw mwya powld, yn tynnu sylw awgrymog at y ffaith bod 'y nghyrn i'n tyfu. Hy. Mi gerddais i heibio efo 'nhrwyn yn yr awyr. Wedyn, roedden nhw'n brefu am 'mod i'n hen snob, yn meddwl 'mod i'n rhy dda iddyn nhw. Iechyd, mae defaid yn gallu bod yn betha dwl!

Mi wnes fy musnes wrth bostyn y giât, a phenderfynu mynd am dro am ei bod hi'n noson mor braf a chlir. Felly dyma fi'n croesi'r ffordd a dilyn yr hen ffordd drol am y mynydd. Roedd gen i awydd ymestyn fy nghoesau go iawn ar ôl bod yn gaeth dan wely Lowri mor hir. Mi ddechreuais i drotian, a chyn pen dim ro'n i wrth ymyl y goedwig hanner ffordd i fyny'r mynydd. Mae wal uwch na'r cyffredin o gwmpas honno i wneud yn siŵr na fydd unrhyw ddefaid yn mynd drosti. Tasen nhw'n mynd i mewn i ganol y coed trwchus, tywyll yna, fydden ni byth yn eu gweld nhw eto.

Dwi'n cofio Dad yn deud bod 'na ddafad wyllt yno'n rhywle, wedi mynd trwy dwll, yn oen bach, ac wedi methu dod yn ôl allan – neu wedi dewis peidio.

Roedd o wedi rhoi ambell gynnig ar ei dal ond wedi methu'n rhacs. Doedd hyd yn oed y cŵn ddim yn gallu rhedeg yn hawdd iawn o dan y canghennau 'no, ac roedd Dad yn gorfod mynd ar ei fol fel comando. Mi gafodd lond bol ar ôl ugain munud – a llond gwlad o sgriffiadau dros ei wyneb a'i freichiau – a chael ei fwyta'n fyw gan wybed bach. Doedd y ddafad ma rioed wedi cael ei chneifio na'i thocio na dim felly, mae'n siŵr bod 'na goblyn o olwg arni bellach. Ond beryg ei bod hi wedi marw beth bynnag, wedi cynrhoni oherwydd nad oedd neb wedi gallu ei thocio.

Wrth y goedwig roedd y lleuad yn llawn a'r awyr yn berffaith glir, ac roedd y mynyddoedd yn ddu ac euraidd yn erbyn glas tywyll yr awyr. Mi allwn i glywed dwsinau o dylluanod yn galw ar ei gilydd a theulu o foch daear yn chwarae'n wirion wrth yr afon. Am 'mod i'n anifail, doedd neb yn poeni'r un iot 'mod i yno ac yn ymddwyn yn gwbl naturiol heb gymryd unrhyw sylw ohona i. Unwaith eto, mi sylweddolais i nad oedd bod yn ddafad yn ddrwg i gyd.

Ond yn sydyn, cododd y moch daear hŷn eu trwynau i'r awyr a rhewi. Dechreuodd adar y nos ganu'n uchel ar draws ei gilydd. Wrth hedfan drwy'r awyr mi sgrechion nhw'n wyllt. Gwibiodd wenci heibio i mi ar ras cyn diflannu drwy dwll bach yng ngwreiddiau coeden fedw. O fewn eiliadau, roedd y moch daear i gyd wedi diflannu dan ddaear. Be goblyn? Aeth ton o ofn drwydda i. Brysiais at wal y goedwig a chuddio y tu ôl i graig go fawr. Mi suddais mor isel ag y gallwn.

Chlywais i ddim byd am hir. Ro'n i jest â marw isio codi 'mhen i weld be oedd wedi codi cymaint o ddychryn ar bawb, ond mi fyddai hynny wedi bod yn beth dwl iawn i'w wneud. Roedd fy nghoes chwith i'n dechrau cysgu ac ro'n i'n ysu am ailosod fy hun. Ro'n i ar fin gwneud hynny'n ofalus pan glywais i'r sŵn rhuthro gwyllt ma o rhywle. Sŵn fel trên efo ambell fref o banic. Sŵn rhywbeth mewn ofn yn rhedeg am ei fywyd. Roedd o'n dod o'r goedwig! O ochr arall y wal! Roedd gen i gymaint o ofn … a phan glywais i sŵn y rhywbeth ma'n ceisio dringo'r wal reit gyferbyn â mi, ro'n i'n meddwl 'mod i'n mynd i farw o drawiad ar y galon yn y fan a'r lle.

Roedd o'n disgyn yn ôl, yn sgrechian, yn udo, yn chwalu ac ymbalfalu'n wyllt, yna'n taflu ei hun at y wal mewn ymdrech i'w dringo mewn panig. Er gwaetha'r ffaith bod fy mrêns i wedi rhewi, ro'n i'n dechrau meddwl 'mod i'n hanner deall be roedd o'n ei sgrechian. Ro'n i'n deall ambell air, ond roedd 'na eiriau eraill cwbl ddiarth yn un lobsgows yn eu canol nhw. Roedd yn gwbl amlwg bod y creadur ma wedi dychryn am ei enaid ac yn erfyn am help.

Dwi ddim yn siŵr be ddoth drosta i ond mi godais

ar fy nhraed a dringo ar ben y graig. Dyna pryd gwelais i o: hwrdd gwyllt, gwallgo yr olwg, yn gwneud ei orau i ddringo dros y wal. Roedd yr ofn yn ei lygaid o'n frawychus. Mi lwyddodd i gael ei goesau blaen dros y top, ac am eiliad, roedd 'na ryddhad yn ei wyneb o. Roedd o'n mynd i ddianc! Mi ddaliodd fy llygaid i.

"Ty'd! Ti bron yna!" brefais.

Ond cyn iddo allu ymateb, mi rewodd ei lygaid mewn poen arteithiol a hoelio ar rywbeth yn bell bell i ffwrdd. Wedyn mi ddiflanodd efo sgrech.

Roedd rhywbeth wedi cael gafael ynddo ar yr eiliad ola a'i dynnu'n ôl. Dyna pryd clywais i'r sŵn mwya echrydus i mi erioed ei glywed. Sŵn cath. Cath fawr, fawr yn rhuo.

Nes i rioed gredu'r busnes 'na am waed rhywun yn llifo'n oer o'r blaen. Ond ro'n i'n dallt rŵan. Mi neidiais oddi ar y graig a rhedeg am fy mywyd, rhedeg yn wyllt heb feddwl lle ro'n i'n mynd, rhedeg mewn llinell syth i rywle – unrhywle – neidio dros nentydd a chorsydd a ffensys, rhedeg nes roedd fy ysgyfaint i yn sgrechian a 'nghoesau i jest a disgyn. A dyna wnes i'n y diwedd, disgyn yn glewt dros geunant a glanio yn yr afon. Doedd hi'm yn ddwfn iawn ac ro'n i ar yr ochr arall cyn pen dim. Mi orweddais yn ôl a dechrau crio.

Mae'n rhaid 'mod i wedi syrthio i gysgu neu lewygu neu rywbeth, achos pan agorais i fy llygaid do'n i ddim yn siŵr lle ro'n i. Roedd hi'n dal yn dywyll, a chwbl dawel. Rhy dawel. Doedd 'na'm sŵn creaduriaid o unrhyw fath, dim tylluan, dim llygoden y maes, dim. Dim ond sŵn yr afon yn llifo heibio i mi a'r gwynt yn siffrwd chydig yn nail y coed uwch fy mhen. Edrychais i fyny i gyfeiriad y siffrwd, a dyna pryd gwelais i'r·cysgod tywyll yn sefyll mewn silwét ar dop y ceunant, yn sbio i lawr arna i. Roedd cyhyrau ei ysgwyddau'n sgleinio yng ngolau'r lleuad, a'i lygaid melyn yn fflachio'n oer arna i. Panther.

Pennod 10

Maen nhw'n deud eich bod chi'n gweld eich bywyd yn fflachio o flaen eich llygaid fel mewn ffilm pan dach chi ar fin marw, tydyn? Fel tasech chi'n neidio am yn ôl i'r gorffennol pan mae'ch dyfodol chi'n *kaput*. Wel, mae'n wir. Y cwbl welais i oedd – fi'n swigio o botel yr oen llywaeth pan o'n i'n dair; yn bwyta baw defaid pan o'n i'n ddwy; yn disgyn i mewn i'r twb dipio yn slaff mawr 12 oed. Ro'n i isio cicio fy hun a deud y lleia. Taswn i'm wedi gwneud hynna i gyd fyswn i ddim ar lan afon ganol nos rŵan, yn ddafad oedd ar fin cael fy sglaffio gan blincin cath fawr ddu hyll efo dannedd miniog a llygaid milain melyn.

Roedd hi wedi llamu dros y ceunant, hedfan dros y dŵr a glanio'n dawel a gosgeiddig reit wrth fy nhrwyn i. Roedd hi'n rhyw fath o ganu grwndi. Wel, nid canu grwndi chwaith, mwy o ruo grwndi mewn llais bas, y math o sŵn mae cath yn 'i neud wrth sbio ar lond plât o stêc gwaedlyd o'i blaen. Neu lamb chops yn yr achos yma. Tynnodd ei gweflau yn ôl i ddangos ei dannedd. Roedd gwaed drostyn nhw, ac roedd hi'n amlwg yn ffansïo mwy o waed i bwdin.

"Plîs paid," brefais yn bathetig wrth iddi agosau at 'y ngwddw i. "Nid dafad ydw i go iawn! Dewi ydw i – hogyn 13 oed sy'n rhy ifanc i farw!"

Iaith defaid oedd hyn wrth gwrs, a doedd panther ddim yn mynd i 'neall i debyg iawn, ond mi stopiodd yn stond yn fwya sydyn. Edrychodd yn syn arna i a throi ei phen i'r ochr fymryn. Yna mi ddoth â'i phen yn agos agos, gan fy ffroeni a sbio i fyw fy llygaid. Mi sbiais yn ôl i'r llygaid melyn melyn – a gwichian mewn sioc. Ro'n i'n nabod y llygaid yna, yn eu nabod nhw'n iawn.

"Menna? Menna Morgan?! Ti sy 'na?"

Neidiodd y panther yn ei hôl fel taswn i wedi plannu nodwydd ynddi. Doedd yr olwg yn ei llygaid ddim byd tebyg rŵan. Roedd yr awydd am waed wedi diflannu, a dwi'n eitha siŵr mai ofn oedd yn pefrio allan ohonyn nhw bellach. Mi drodd yn ei hunfan a neidio i fyny am y ceunant. Roedd hi'n goblyn o naid ond roedd y coesau fel sbrings. Mi gyrhaeddodd dop y ceunant yn gwbl ddidrafferth, a throi eto i edrych yn sydyn arna i cyn diflannu.

Ro'n i mewn cymaint o sioc am sbel, wnes i'm sylweddoli bod sŵn byd natur o 'nghwmpas i eto. Roedd y tylluanod uwch fy mhen i'n hwtian a gwenci fach wedi codi ei phen allan o dwll wrth fy ymyl. Ro'n i'n gallu clywed yr adar bach yn dechrau canu. Roedd yr haul yn codi.

Codais yn sigledig ar fy nhraed a chychwyn am adre. Erbyn cyrraedd yn agos at adre ro'n i'n dechrau troi'n ôl yn fi fy hun. Erbyn cyrraedd y ffordd fawr ro'n i wedi troi'n llwyr. Lwcus doedd 'na'm llawer o draffig adeg yna'r bore. Mae'n siŵr y byddai rhywun wedi cael damwain o weld hogyn tair ar ddeg yn croesi'r ffordd yn noethlymun. Mi basiodd fan bost, ond mi guddiais y tu ôl i'r wal mewn pryd, dwi'n meddwl.

Mi lwyddais i ddringo'r grisiau heb wneud gormod o sŵn, molchi'n sydyn yn y sinc, a gwisgo 'mhyjamas heb ddeffro Gareth. Wedyn mi ddringais i mewn i 'ngwely fy hun a chwympo i gysgu'n sownd.

Pan ddeffrais i, roedd fy nghorff i'n brifo drosto i gyd. Prin gallwn i symud. Ond doedd gen i fawr o ddewis. Er gwaetha protestiadau Gareth, es i'n syth am gawod. Roedd gen i gymaint o gleisiau, roedd hi'n anodd gweld y croen gwyn ac roedd y cyrn yn fy mhen wedi tyfu modfedd arall.

Mi fues i'n gwneud fy ngorau i wneud synnwyr o ddigwyddiadau'r nos, a methu. Nid Menna Morgan oedd y panther 'na, doedd bosib? Ond roedd o'n rhyw lun o wneud synnwyr hefyd: roedd o'n egluro ei gallu anhygoel ar y trac athletau, a pham ei bod hi wastad yn glanhau ei hun! Os o'n i'n gallu troi'n ddafad, pam na allai hi droi'n gath? Aeth fy nychymyg yn rhemp wedyn, ac ro'n i'n dechrau amau bod pawb yn troi'n rhyw fath o anifail dros nos. Efallai bod 'yn ffrindie i'n

gŵn a thylluanod a llygod a cheiliogod? Ond na ...
roedd o'n syniad hurt.

Cofiais yn sydyn am yr hwrdd yn y goedwig. O'n i
wedi breuddwydio'r cwbl? Sychais 'y ngwallt yn
frysiog efo'r lliain, a tharo 'nghap ar 'y mhen. Brysiais
i'r llofft i newid.

"Wel o'r diwedd!" cwynodd Gareth yn syth. "Ers
pryd wyt ti'n cael cawod cyn mynd i'r ysgol? 'Di
sylweddoli o'r diwedd dy fod ti'n drewi, do? A be di'r
cleisia 'na?"

"Dim byd. Faint o'r gloch ydi hi?"

"Chwarter i wyth. Pam?"

"Jest gofyn." Doedd y bws ysgol ddim yn pasio tan
hanner awr wedi wyth, felly roedd digon o amser i mi
bicio i'r goedwig petawn i'n cymryd y beic pedair
olwyn. Carlamais i lawr y grisiau.

"Dewi!" ebychodd Mam, fel petai hi ddim wedi
'ngweld i ers misoedd.

Dyna pryd y cofiais i mai dafad ro'n i y tro dwytha
iddi 'ngweld i.

"Haia Mam! Dim amser i siarad sori. Rhwbath i'w
neud. Hwyl."

"Ond Dewi – dy Dad!"

Ond ro'n i wedi mynd. Roedd y beic yn y garej a'r
goriad dan y bag Fisons. Clic i'r goriad, ei gicio i
mewn i gêr, ac i ffwrdd â fi.

Chwarter awr yn ddiweddarach, ro'n i wrth y wal

uchel lle bûm i'n crynu mewn ofn – un ai mewn breuddwyd neu go iawn, do'n i ddim yn siŵr. Roedd y cwbl yn ymddangos mor afreal rŵan – ond doedd fy nghleisiau i ddim. Diffoddais yr injan a dringo'r wal yn ofalus. Roedd llwyth o gerrig wedi disgyn oddi arni felly doedd hi ddim yn sad iawn. Llyncais yn galed a phwysais dros y top.

Doedd 'na fawr ddim ohono fo ar ôl. Darnau blêr a phinc o wlân budr, esgyrn a phenglog, a'r rheiny wedi eu chwalu i bob cyfeiriad. Talpiau o gnawd yma ac acw, gwaed wedi sychu ar y cerrig dynnodd yr hwrdd oddi ar y wal wrth geisio dianc, ond roedd y gweddill wedi diflannu i mewn i'r carped o bigau lliw rhwd sydd wastad ar lawr coedwig binwydd.

Y creadur. Mae'n rhaid ei fod o wedi cael bywyd od ac unig iawn yn y goedwig heb gwmni defaid eraill. Dyna pam ei fod o'n siarad mor rhyfedd, heb arfer siarad efo neb, heblaw fo'i hun, mae'n debyg. Roedd hi'n wyrth 'i fod o wedi byw cyhyd. Ond am farwolaeth gafodd o … Llyncais eto a dringo'n ôl i lawr. Ro'n i'n crynu. Roedd y cwbl wedi digwydd go iawn felly, ac mi allwn innau'n hawdd fod yn ddarnau fel 'na, wedi 'mwyta gan Menna Morgan.

Fyddai hi yn yr ysgol heddiw? Roedd yn rhaid i mi ei gweld hi. Neidiais yn ôl ar y beic a sgrialu i lawr ochr y mynydd am adre. Roedd Dad yn aros amdana i wrth y garej.

"Lle ti 'di bod?"

"Wrth y goedwig. Mae'r hwrdd 'na aeth ar goll wedi 'i ladd."

"Be? Mynd i chwilio am hwnnw wnest ti?"

"Ia."

"Pam?"

"Ym … ydi Mam wedi cael gair efo chi bore ma?"

"Am be dŵad?"

O na … doedd hi'n amlwg ddim wedi cael cyfle i sôn gair wrtho fo.

"Yyy … mae'n stori hir, Dad. Ga i siarad efo chi heno ar ôl ysgol?"

"Am be? Be ti 'di neud rŵan 'to?"

"Dim byd! A sgen i'm amser i egluro rŵan, neu bydda i'n hwyr yn yr ysgol. Heno, iawn, Dad?"

Ond chafodd o'm cyfle i ateb achos ro'n i wedi llamu i mewn i'r gegin. Mi ges gyfle i fachu 'mag a stwffio tafell gyfa' o dôst a Marmite i mewn i 'ngheg cyn dechrau dilyn Gareth a Lowri drwy'r drws am y bws. Brysiodd Mam allan o'r bwtri.

"Dewi! Roedd o wedi codi cyn i mi ddeffro, felly ches i'm … "

"Dim bwys. Dwi newydd 'i weld o. Mi gawn ni air efo fo ar ôl ysgol. Peidiwch â deud gair tan hynny achos neith o byth eich coelio chi." Edrychodd Mam arna i'n boenus.

"Mi fydd hynna'n ofnadwy o anodd. Dwi'm 'di

75

gallu meddwl am ddim byd arall heblaw ... ym ... dy sefyllfa di."

Doedd hi'm hyd yn oed yn gallu deud mewn geiriau plaen 'mod i'n hanner dafad. "Ro'n i'n effro fel y gog drwy'r nos yn poeni," meddai gan wasgu ei ffedog yn ei dwylo oedd yn goch efo ôl blynyddoedd o olchi llestri, "ac wedyn mi nes i gwympo i gysgu jest cyn i dy Dad godi!"

"Peidiwch â phoeni Mam, mi fydd pob dim yn iawn. Wir yr."

Do'n i ddim yn mynd i ddeud wrthi 'mod i wedi dod o fewn dim i gael fy sglaffio gan gath fawr ddu nag o'n? Rhois i sws iddi ar ei boch – am y tro cynta ers blynyddoedd – a rhedeg ar ôl y lleill i ddal y bws oedd eisoes yn disgwyl amdanan ni.

"Bob dim yn iawn?" holodd Lowri wrth i ni ddringo ar y bws.

Ond doedd gen i ddim 'mynedd deud hanes neithiwr wrthi, a ph'un bynnag, byddai rhywun yn siŵr o'n clywed ni'n siarad, felly rhois i nod iddi ac eistedd efo Bryn Tyddyn Drain.

"Sut hwyl gest ti ar y gwaith cartre daearyddiaeth?" gofynnodd hwnnw. O na ... ro'n i wedi anghofio pob dim! "Mae o i fod i mewn y bore ma."

Mi dreuliais bob eiliad o weddill y daith i'r ysgol yn copïo gwaith Bryn, gan newid ambell air wrth gwrs. Tydi pob athro ddim yn dwp – yn anffodus.

Pennod 11

Mi wnes i ddal llygad Menna Morgan am eiliad yn ystod y gwasanaeth, ond mi drodd i ffwrdd yn syth. Dwi bron yn siŵr ei bod hi wedi cochi hefyd. Roedd gynnon ni wers Ffrangeg yn syth ar ôl daearyddiaeth, ond doedd 'na'm golwg ohoni. Roedd y jadan fach yn f'osgoi i – nid ar chwarae bach y byddai Ms Menna Perffaith Morgan yn dojo gwersi. Felly yn ystod yr egwyl, nes i osgoi chwarae pêl-droed efo'r hogia er mwyn mynd i chwilio amdani. Es i rownd pob bloc, i mewn ac allan, ond doedd hi'm yn unlle. Pum munud cyn diwedd egwyl, mi welais i ei ffrindia: Hanna Prys a Jenny Edwards. Es i atyn nhw'n syth bin.

"Ble mae Menna?" gofynnais.

Edrychodd y ddwy arna i'n ara, i fyny ac i lawr, cyn rhythu ar 'y nghap gwlân i, gan gnoi eu gwm cnoi fel dwy hen fuwch.

"Be 'di o i chdi?" gofynnodd Jenny, mwya powld. Y sopen.

"Dwi jest isio gwbod lle ma hi, iawn?"

"Pam? Ti'n ei ffansïo hi?"

"Be?! Callia! Jest deudwch wrtha i lle mae hi ... plîs."

Edrychodd y ddwy ar ei gilydd.

"Sy isio i ni ddeud wrtho fo?" gofynnodd Jenny i Hanna.

"Dwn i'm. Fyny i chdi," meddai Hanna.

Penderfynodd y ddwy gnoi'n galed am rai munudau eto, gan fwynhau 'ngweld i'n dechra colli amynedd.

"Iawn, stwffio chi, mae'r gloch jest â mynd p'un bynnag," meddwn yn y diwedd, wedi cael llond bol.

"Dal dy ddŵr," gwenodd Jenny, "ma hi lawr ar y cae athletau. Isio 'marfer neu rwbath."

"Diolch."

Rhedais i lawr y llwybr i'r ffordd fawr, rhuthro drwy iard bysys Arriva a thrwy'r cae hoci am y cae athletau dros yr afon. Roedd hi ar ei phen ei hun, wrthi'n ymarfer y can metr. Roedd hi'n gwneud yn reit dda hefyd, nes iddi 'ngweld i, wedyn mi arhosodd yn stond. Brysiais tuag ati.

"Ti'n ca'l hwyl arni?"

"Yndw. Dim diolch i ti, yn 'y nychryn i fel'na."

"Be? 'Sgen ti'n ofn i?"

Daliais ei llygad am chwarter eiliad wrth iddi eistedd ar glwyd, ond mi drodd i ffwrdd yn sydyn.

"Paid â bod yn wirion."

"Menna ... ti oedd yna neithiwr yn'de?" Plygodd i godi'i siwmper oddi ar lawr.

"Be ti'n rwdlan? Neithiwr? Lle?"

"Ti'n gwbod yn iawn."

Roedd hi'n cochi o flaen fy llygaid i, ac yn gwybod ei bod hi'n cochi hefyd.

"Yli, mae'n rhaid i ni gael gair am hyn. Dwi'm yn gwbod pam dwi'n troi'n ddafad, ond dwi isio iddo fo stopio – a dwi'n eitha siŵr y bysat ti'n licio stopio troi'n gath hefyd."

"Cath?! Troi'n ddafad?! Be ydi hyn? Jôc?"

"Naci. Ddim o gwbl. Paid â thrio gwadu'r peth Menna, does na'm pwynt."

"Gwadu be?" meddai, gan ddechrau cerdded yn gyflym i lawr y trac, a minnau ar ei hôl. "Mae gen ti broblem, Dewi, ond dyna fo, ti wastad wedi bod yn od."

"O! Ty'd 'laen Menna! Dyro'r gora iddi, nei di? Dwi'n gofyn am dy help di fan hyn, ac yn cynnig dy helpu di os galla i."

"Dwi'm angen help gan neb."

"O, ac mi fysat ti wedi bod reit hapus heddiw tasat ti wedi 'mwyta fi neithiwr, bysat?"

Rhewodd yn sydyn, a sbio ar ei thraed. Ddywedodd hi ddim byd am yn hir. Yna, trodd ata i a sbio i fyw fy llygaid.

"Pwy sy'n gwbod?"

"Be? Dy fod ti'n banther? Dim ond fi." Caeodd ei llygaid ac anadlu'n ddwfn. Roedd gwybod hynny'n amlwg yn ryddhad mawr iddi.

"Addo i mi rŵan na wnei di ddeud gair am hyn wrth neb arall, byth," meddai gan fy serio efo'i llygaid melyn.

"Addo. Os gwnei di addo'r un peth i mi."

"Ia, iawn. Addo. Reit, be t'isio'i wybod?"

"Ers pryd wyt ti'n troi'n gath ac wyt ti'n gwbod pam ei fod o'n digwydd yn y lle cynta?"

"Stori hir. Mi fydd y gloch yn mynd rŵan."

"Tyff. Mae hyn yn bwysicach."

Felly mi eisteddon ni i lawr wrth y coed ym mhen draw'r cae lle rhois i fy hanes i iddi hi ac mi ges inna ei hanes hitha. Roedd hi wedi dechrau troi'n gath bum mlynedd yn ôl, a'r un fath â fi'n union, roedd o'n digwydd ganol nos. Ond yn wahanol i mi, doedd hi ddim yn aros yn gath yn hirach bob tro. Doedd ganddi ddim syniad mwnci pam ei fod o wedi dechrau digwydd, er ei bod hi wedi bod yn gwneud llwyth o ymchwil i mewn i'r peth. Yr hyn oedd yn ei phoeni hi fwya oedd y ffaith ei bod hi wedi gallu cyfyngu ei hun ar y dechrau i fwyta tyrchod a llygod, adar a'u hwyau ac ambell lwynog, creaduriaid gwyllt na fyddai neb yn gweld eu colli ond roedd yr ysfa am brae llawer mwy, fel defaid wedi mynd yn hynod gryf yn ddiweddar.

" … a dwi'n siŵr o gael fy saethu gan ffarmwr blin un o'r dyddia ma. Neu mi fydda i'n ymosod ar ffarmwr neu gerddwyr neu rwbath."

"Be? Fedri di'm stopio dy hun?"

"Fedrist ti stopio dy hun rhag bwyta planhigion dy fam?"

"Ocê, naddo. Ond nest ti stopio dy hun efo fi neithiwr, yndo?"

"Do. Ond nes i dy nabod i. Fel arfer, mae'r rhan ohona i sy'n gath yn gryfach o lawer. Dwi'm isio lladd llygoden heb sôn am ddafad, fel person. Mae'r syniad yn troi arna i, ond pan dwi'n banther mae'r ysfa am waed a chnawd a jest lladd er mwyn lladd weithie, yn rhy gry. Ond pan nes i ddallt mai chdi oedd yna, fi oedd gryfa."

"Ffiw. Lwcus."

"Ia. Ond cofia di, taswn i heb ladd yr hwrdd 'na yn y goedwig gynta, does wybod be fyddai wedi digwydd."

Es i'n welw i gyd a dechrau crynu. Doedd Menna ddim yn edrych yn rhy hapus chwaith.

"Be 'dan ni'n mynd i neud, Menna? Allwn ni'm dal ati fel'ma. A sbia, mae gen i gyrn sy'n gwrthod diflannu."

Tynnais fy nghap a'u dangos iddi.

"Dyna pam ti wedi bod yn gwisgo'r hen beth hyll 'na!"

"Wel doedd o'm yn *fashion statement*, nag oedd! Oes gen ti rwbath sy'n gwrthod diflannu?" Cochodd, yna nodiodd.

"Oes, ond fedra i'm 'i ddangos i ti."

"Pam ddim?"

"Mae o'n embarasing." Doedd gen i ddim clem be allai o fod – nes iddi bwyntio at ei phen ôl. Pen ôl taclus iawn gyda llaw.

"Be? Nag oes! Cynffon?" Nodiodd ei phen eto.

"Un fawr ddu. Ac mae'n tyfu'n hirach a hirach. Dwi'n gallu ei strapio'n sownd i 'nghefn ar hyn o bryd, ond mi fydd yn dangos toc."

Roedd meddwl amdani efo cynffon fawr ddu yn ormod i mi. Mi ddechreuais i chwerthin.

"Dewi! Dio'm yn ddigri!"

"Nac 'di, dwi'n gwbod. Ond argol, cynffon? Sori, ond … !" ac mi ges i bwl arall o chwerthin nes ro'n i'n crio. Nes i Menna roi lempan i mi reit ar draws fy moch chwith nes ro'n i'n bownsio.

"Aw! Hei! Oedd hynna'n brifo!"

"Da iawn. Dyna oedd o i fod i neud. Nes i chwerthin ar ôl gweld dy gyrn di? Naddo. A ti'n edrych yn hollol hurt! Rho'r cap 'na'n ôl, wir."

"Ia, ond dydi waldio rhywun ddim yn beth neis iawn i'w neud," meddwn gan sodro nghap yn ôl ar fy mhen. "Yn enwedig i hogyn – fedra i mo dy waldio di'n ôl."

"Rhaid i ti gofio 'mod i'n hanner panther. Ti'n lwcus 'mod i'n torri 'ngwinedd cyn dod i'r ysgol bob bore neu fyddai gen ti'm boch ar ôl."

Hm. Pwynt teg.

"Mae hyn yn hurt," meddwn yn y diwedd, "ffraeo fel'ma a ninna fod trio cael trefn ar betha."

"Ti ddechreuodd."

"Ia, sori. Yli, ydi dy deulu di'n gwbod am hyn?"

"Argol fawr nac 'dyn! 'Sa Mam yn cael ffit biws! Pam? Wyt ti wedi deud wrth rywun?"

"Mi ges i'n nal gan fy chwaer fach ac mi naethon ni ddeud wrth Mam neithiwr."

"Dos o ma! A sut nath hi ymateb?"

"Ga'th hi ffit biws … a 'dan ni'n mynd i ddeud wrth Dad heno."

"A be neith o? Mynd â chdi at y doctor 'mwn, wedyn bydd y papura a'r teledu'n cael gwbod a gneud dy fywyd di a dy deulu'n uffern ac mi fyddi di'n arbrawf mewn rhyw labordy yn rhwla, fel ET!"

"Paid â bod mor ddramatig."

"A paid ti â bod mor naif. A paid ti â meiddio sôn wrthyn nhw amdana i. Ti wedi addo cofia."

"Do, ond –"

"Does 'na'm 'ond' amdani! Os deudi di air amdana i, mi ddo i draw heno fel panther – a mynd heb fy swper … "

"Fysat ti byth."

"T'isio bet?"

Llyncais yn galed. Do'n i ddim am fetio ceiniog yn erbyn y llygaid melyn 'na. Mi gytunais i addo cris croes tân poeth eto na fyddwn i'n sôn amdani, ac y byddwn yn gadael iddi wybod be oedd ymateb Dad drannoeth yn yr ysgol.

Roedd Mam yn disgwyl amdanan ni wrth ffenest y gegin pan gyrhaeddon ni'n ôl o'r ysgol.

"Gareth? Mae'n bryd i chdi fynd i weld dy Nain."

"Y? Fi? Pam?"

"Am ei bod hi wedi gofyn i rywun dorri'r lawnt iddi."

"Pam fi? Fedar Dewi neud!"

"Mae gen i jobyn arall i Dewi. Rŵan dos, ar dy feic."

"Y beic? Ond mae'n bedair milltir!"

"Neith les i ti. Rŵan brysia, ma hi'n disgwyl amdanat ti. A gwna joban iawn ohoni, tacluso'r borderi a bob dim. Ella gei di swper go lew ganddi wedyn."

Dim ond iddi sôn am fwyd, mi newidiodd Gareth ei wep yn syth. Mae o rêl bolgi. Wrth iddo ddiflannu drwy'r drws, mi ges i winc gan Mam.

"Iawn," meddai Mam wedi i ni'n tri wylio Gareth yn diflannu yn y pellter, "mi fydd Dad yma am ei de unrhyw funud. Be 'dan ni'n mynd i ddeud wrtho fo?"

"Deud wrtha i am be?" meddai llais dwfn Dad y tu ôl i ni.

"Ym … "

Pennod 12

Mi fynnodd Mam lenwi'r tebot a thywallt paned i ni i gyd cyn deud dim. Roedd y bara menyn a'r darten riwbob ar y bwrdd yn barod. Gwyliodd Dad y cwbl â'i aeliau wedi'u plethu, ei lygaid yn dilyn Lowri'n dod â'r jwg llaeth o'r oergell, Mam yn stwytho'r te yn y tebot, a finna'n eistedd gyferbyn ag o yn trio taenu jam ar fechdan fel tase 'na ddim byd o gwbl o'i le.

"Be sy? Ti 'di cael pancen efo'r car 'na eto fyth?" gofynnodd i Mam.

"Paid â bod yn wirion."

"Un o'r ddau yma wedi cael eu hel o'r ysgol neu rwbath?"

"Naddo siŵr," wfftiodd Lowri.

"Pam dach chi gyd yn 'y nhrin i fel taswn i'n *gasket* ar fin chwythu ta? Does 'na'r un ohonach chi'n gallu sbio'n iawn arna i!"

Roedd o yn llygad ei le. Roedd ein llygaid ni ymhobman heblaw arno fo. Nid pan oedd o'n sbio i'n cyfeiriad ni beth bynnag.

Tywalltodd Mam y te i mewn i bedair cwpan, eu

gosod o'n blaenau ni ac eistedd yn ei lle arferol wrth ochr Dad.

"Iawn," meddai mewn llais fymryn yn wichlyd, "mae gynnon ni rwbath i'w ddeud wrthat ti. Ond cyn i ni neud, mae'n rhaid i ti ddallt nad jôc mohono fo, mae'r cwbl yn berffaith wir, a hynod ddifrifol."

"O?"

"Dewi? Dy stori di ydi hi … "

O, na. Roedd pawb yn sbio arna i'n ddisgwylgar. Ond sut ro'n i i fod ddechra? Ac roedd Dad yn sbio arna i fel rhyw Brifathro, wedi penderfynu cyn dechrau 'mod i wedi malu rhywbeth neu wneud rhyw drosedd anfaddeuol.

"Wel … " llyncais eto, "dyma'r sefyllfa Dad: ers bron i fis rŵan, mae rhwbath uffernol yn digwydd i mi ganol nos."

"O?" Roedd o'n edrych reit embarasd am ryw reswm.

"Ia … dwi'n troi'n ddafad."

Roedd 'na dawelwch am hir. Mam, Lowri a finna'n sbio ar Dad a Dad jest yn sbio'n hurt arna i. O'r diwedd:

"Ti'n troi'n ddafad … " meddai'n araf.

"Yndw. Bob nos, ac wedyn dwi'n troi'n ôl yn fi fy hun erbyn y bore, ond dwi'n aros yn ddafad yn hirach bob tro a dwi'n dechra poeni braidd. Wel, ro'n i'n poeni cynt ond dwi'n poeni'n waeth rŵan."

"Wel wyt debyg iawn," meddai'n araf eto. "A ti'n

siŵr nad breuddwydio wyt ti?"

"Nage'n bendant. Mae Lowri a Mam wedi 'ngweld i, yndo?" Cytunodd y ddwy'n frwd. "A … wel … mae gen i'r rhain rŵan … "

Tynnais fy nghap i ddangos y cyrn oedd wedi dechrau cyrlio'n ddel. Os oedd 'na dawelwch cynt, roedd o'n llethol rŵan. Bron yn fyddarol. Syllodd Dad ar fy nghyrn i'n geg agored. Ar ôl oes, cododd a dod ata i. Gafaelodd yn fy nghyrn a thynnu'n galed.

"*Aw*!"

"Ddrwg gen i. Jest isio gneud yn siŵr," meddai cyn eistedd yn glewt yn ei gadair.

"Dach chi'n ein coelio ni tydach Dad?" meddai Lowri.

"Wel yndw, mae'n rhaid i mi … " meddai. "Mae hyn yn egluro llwyth o betha tydi? Ti fwytodd y bloda 'na i gyd."

"Ia, sori, methu peidio."

"Mm, ia, dwi'n cofio'n iawn."

Y? Cofio? Be oedd o'n ei gofio rŵan? Oedd o wedi 'ngweld i'n bwyta'r planhigion neu rywbeth?

Cymerodd lwnc hir o'i baned, yna meddai: "Dwi'n falch eich bod chi wedi penderfynu deud wrtha i o'r diwedd, ond mi ddyliwn i fod wedi dyfalu cyn hyn." Pesychodd. "Dach chi'n gweld, mae 'na rwbath na wnes i rioed 'i ddeud wrthach chi." Rhoddodd ei law dros law Mam·a throi ati, "ac mi ddyliwn i fod wedi deud wrthat ti o bawb, ond ro'n i'n meddwl bod y cwbl drosodd, yn rhan o'r gorffennol. Ond yn amlwg, dydi o ddim. Ac mae'n ddrwg gen i." Trodd ataf finna wedyn. "Ac mae'n wir ddrwg gen i dy fod ti wedi gorfod mynd drwy hyn i gyd, Dewi. Dwi'n gwbod o brofiad ei fod o ddim yn beth braf iawn."

Gwybod o brofiad? Be oedd o'n ei fwydro?

"Be dach chi'n fwydro rŵan Dad?" gofynnodd Lowri.

"Es i drwy'r un peth yn union yn 'i oed o. Bues i'n ddafad."

"Be?" gwichiodd Mam.

"Go iawn?" sibrydais i.

"Do. Ac ro'n i'n poeni y byddai Gareth yn troi'n ddafad pan gyrhaeddodd o'i benblwydd yn dair ar ddeg, ond nath o ddim naddo? Felly o'n i'n meddwl bod y felltith wedi dod i ben."

"Melltith? Pa felltith?" gofynnodd Mam oedd wedi mynd yn biws a choch i gyd.

"Mi bechodd fy hen Daid rhyw griw o sipsiwn ers talwm. Gwrthod gadael iddyn nhw osod 'u carafanau ar 'i dir o, 'u cyhuddo nhw o ladd a bwyta rhai o'i ddefaid o, a'u hel nhw oddi yno efo'i dwelf-bôr. Mi nath un o'r hen ferched ei felltithio fo, a deud y byddai ei feibion a meibion ei feibion yn troi'n ddefaid. Chymrodd o ddim sylw wrth gwrs – nes i Taid ddechrau tyfu cyrn."

"Waw! Oedd gan Taid gyrn?!" holodd Lowri a'i llygaid fel soseri.

"Bob nos am flynyddoedd. Nes iddo fo briodi."

"John … dyna pam nest ti rioed dynnu dy gap o mlaen i nes i ni briodi?" gofynnodd Mam, oedd yn wyn a llwyd erbyn hyn.

"Ia. Yn union. Wel, bron iawn. Ti'm yn cofio'r noson 'na ar ôl Steddfod Plwy?"

Cochodd Mam yn syth.

"John! Hisht! Dyna ddigon."

"Dwi'm yn dallt," meddai Lowri. "Oedd y cyrn yn diflannu ar ôl i chi briodi?"

"Oedden. Yn syth."

"A dyna'r ateb i Dewi? Priodi?!"

"Ia, rwbath fel'na," gwenodd Dad.

"Ond dwi'n rhy ifanc i briodi!" meddwn yn llesg a 'mhen yn troi.

"A pwy fysa'n 'i gymryd o beth bynnag?" meddai Lowri.

Y sopen fach hy.

"Dwi'm yn meddwl y bydd rhaid iddo fo briodi," meddai Dad. "Dewi, Ty'd i'r ardd am funud … Lowri, aros di fama efo dy Fam."

Ar y fainc ym mhen draw'r ardd, mi eglurodd Dad be oedd yr opsiynau. Nag oedd, doedd dim rhaid i mi briodi, nid yn yr oes hon, roedd yr ateb yn llawer mwy syml. Ond ro'n i'n dal braidd yn ifanc ac roedd y syniad yn codi braw mwya dychrynllyd arna i.

"Be? Cysgu efo hogan? Fi? Dad! Fedra i ddim!"

"Na fedri, dwi'n gwbod, a mae o'n anghyfreithlon beth bynnag. Felly ti un ai'n gorfod aros yn ddafad bob nos nes byddi di'n ddigon hen, neu mae 'na opsiwn arall, ond go brin y medri di wneud hwnnw."

"Be?"

Mi eglurodd wrtha i, ac es i'n rhyfedd i gyd.

"Amhosib, waeth i ti ddeud, tydi?" meddai Dad.

"Mmm … " cytunais. Ro'n i jest â drysu isio deud wrtho fo nad oedd o'n amhosib o gwbl, ond allwn i ddim. Mi wnes i lwyddo i guddio 'ngwên, a deud:

"Ylwch Dad, wyddoch chi ddim. Felly mi a i allan eto heno, iawn? Jest rhag ofn."

"Ond be di'r pwynt? Fydd o fel chwilio am nodwydd mewn tas wair!"

"Dad, gawn ni weld, iawn?"

Ro'n i ar bigau'r drain. Mi wnes i drio ffonio Menna i ddeud wrthi be oedd wedi digwydd ond mi ddeudodd ei Mam ei bod hi'm adre ac yn aros efo Jenny. Mi wnes i drio ffonio honno wedyn ond roedd o'n ingêjd drwy'r adeg. Ei brawd ar y bali We, 'mwn. Felly doedd gen i ddim dewis ond aros nes iddi dywyllu. Wel, oedd, roedd gen i ddewis. Mi fyswn i wedi gallu aros un noson arall a deud wrth Menna yn yr ysgol yn y bore. Ond doedd gen i mo'r mynedd i aros nag oedd …

Pennod 13

Y funud teimlais i 'nghorff yn newid y noson honno, allan â fi drwy'r drysau roedd Mam wedi eu gadael yn agored i mi eto, ac i ffwrdd â fi ar ras i fyny am y mynydd. Doedd hi ddim yn noson braf iawn, roedd gwynt cryf ac roedd y glaw wedi dechrau pigo. Ond doedd hi affliw o bwys gen i. Roedd gen i banther i ddod o hyd iddi. Do'n i'n poeni dim am allu cyfathrebu efo hi. Roedd hi wedi 'neall i'n iawn y noson o'r blaen doedd? Iawn, efallai y byddai'r hyn roedd gen i i'w ddeud tro 'ma fymryn yn fwy cymhleth, ond roedd hi'n siŵr o ddallt – cyn belled â'i bod hi wedi cael swper yn barod.

Mi fues i'n crwydro am oriau yn brefu "Menna! Menna, lle'r wyt ti!" ar hyd y lle, ond doedd 'na'm golwg ohoni, dim ond defaid eraill oedd yn meddwl 'mod i'n hurt a ryw bali wenci fach annifyr oedd yn mynnu 'nilyn i bob man. Roedd hi wedi dechrau bwrw glaw go iawn hefyd, ro'n i'n wlyb ac yn oer ac yn dechra cael llond bol. A dyna pryd gwelais i nhw – criw o ddynion efo gynnau. Trebor Hafod y Blaidd,

Wil Hendre, a'i frodyr Ned a Tom. O na … Es i'n agosach atyn nhw i gael clywed eu sgwrs. Roedd Ned yr Hendre fatha fi, wedi cael llond bol.

"Welwn ni byth mo'no fo heno. Dowch, awn ni adra, does 'na'm pwynt."

"A ti'n hapus i weld dafad arall yn gelain bore fory wyt ti?" meddai Wil, ei frawd mawr, yn flin, "awran fach arall, Ty'd 'laen."

"Ond ella mai stori wirion ydi! Jest ryw gath chydig mwy na'r cyffredin a bobol yn rhoi dau a dau efo'i gilydd a gneud pump," cwynodd Ned.

"Dim bwys gen i os mai cath neu gi neu blydi twrch daear efo AK 47 ydi o," meddai Trebor Hafod y Blaidd, "mae rhwbath yn rhwygo'n defaid ni'n gria, ac mi saetha i be bynnag ydi o'n dylla mân os gwela i o. Dowch. At y goedwig 'cw. Fan'no oedd o neithiwr medda John Ffridd Ganol."

Rhewais. John Ffridd Ganol? Dad oedd hwnnw! Mae'n rhaid ei fod o wedi sôn wrth rhain am gorff yr hwrdd yn y goedwig. Es i'n chwys oer drosta i. Menna … roedden nhw'n mynd i drio saethu Menna!

Mi fues i'n troi mewn cylchoedd am chydig yn trio penderfynu be i'w wneud. Ond roedd 'mhen i'n gawl poetsh a lobsgows a dim byd yn gwneud synnwyr na'r un syniad yn mynd i unlle. Rhaid i mi gyfadde, doedd fy mrêns i ddim ar eu gorau pan o'n i'n ddafad. Yn y diwedd, mi frefais i, "Menna! Maen nhw'n mynd i drio dy saethu di!" ar dop fy llais. Ond yn y gwynt a'r glaw, chariodd o ddim yn bell iawn.

Ro'n i'n gallu gweld y dynion yn dringo dros gamfa yn y pellter. Rhedais ar eu holau. Ond es i ddim pellach na'r gamfa. Ro'n i methu ei dringo hi am bensiwn! Mi rois i gynnig arni o leia ddwsin o weithia a bron a thorri 'nghoes yn y broses. Gwylltio? Does ganddoch chi'm syniad. Ac roedd yr awyr yn las efo'r iaith ofnadwy oedd yn dod allan o ngheg i. Mi rois i'r gorau iddi a sylweddoli y byddai'n rhaid i mi fynd y ffordd hir i gyrraedd y goedwig: drwy ddwy afon a chors a thrwy fan gwan mewn ffens y gwyddwn i amdano – gan fod Dad wedi gofyn i mi ei drwsio ddyddiau'n ôl a finnau heb neud.

I ffwrdd â fi ar garlam. Roedd yr afon gynta'n hawdd, ond roedd y glaw wedi cael effaith ar yr ail – roedd coblyn o li ynddi a hwnnw'n tarannu heibio, yn wyn a brown a pheryg yr olwg. Mi ddois o hyd i fan gweddol fas a chamu i mewn yn ofalus. Ac o fewn dim, ro'n i'n nofio. Wedyn ro'n i dan y dŵr. Wedyn ro'n i ar yr wyneb eto, yn poeri a thuchan ac yn panicio'n rhacs. Dwi'n nofiwr reit dda (wedi dod yn ail yn Chwaraeon yr Urdd ddwywaith), ond doedd gen i ddim breichiau i afael yn y canghennau oedd yn gwibio heibio i mi!

O'r diwedd, mi darais yn erbyn boncyn coeden oedd wedi disgyn ar draws yr afon, ac er ei fod o'n brifo, mi lwyddais i grafangu a llusgo fy ffordd at y lan. Ro'n i'n hanner marw, yn teimlo fel taswn i wedi llyncu hanner yr afon a chael deuddeg rownd efo Mike Tyson, felly mi orweddais i ar y cerrig mân am chydig yn trio cael fy ngwynt ataf. Wedyn mi gofiais am Menna. Neidiais ar fy nhraed eto a charlamu orau gallwn i am y gors.

Wel, roedd hwnnw'n hwyl yn y glaw. Dychmygwch gerdded drwy lond cae o driog du mewn pâr o stilettos. Dyna sut brofiad ydy o i ddafad. Mi fues i yno am oes, yn brefu a chwysu fel peth gwirion. Ond o'r diwedd, ro'n i'n ôl ar dir sych (heblaw am y ffaith ei fod o'n wlyb) ac yn mynd am y man gwan yn y ffens. Gwthiais fy hun drwyddo – a methu mynd dim pellach. Roedd darn o weiran bigog wedi bachu yn fy ngwlân i ac ro'n i'n sownd. Mi driais fagio'n ôl – ond mi fachodd y pigau ynof fi'n waeth. Es i mlaen eto – a chael fy hun mewn clymau. Ro'n i'n hollol, gwbl sownd, yn methu mynd mlaen nac yn ôl. Gwych. Jest be ro'n i ei angen. Ac roedd hi'n tywallt y glaw.

Ro'n i'n gallu gweld cysgod y goedwig yn y pellter a'r dynion yn brwydro drwy'r gwynt tuag ati. Gweddïais na fyddai Menna'n ddigon twp i fynd i'r un lle ddwywaith. Ond beth pe bai hi, fyddwn i'n gallu gwneud dim i'w helpu. Gorweddais yno, isio crio ac isio rhoi coblyn o gic yn nhin fy Hen Daid am fod mor gas a hunanol efo'r sipsiwn 'na. Tase fo wedi gadael iddyn nhw aros ar 'i hen gae o, fyddwn i ddim yn y twll yma rŵan, faswn i? Tase Trebor Hafod y Blaidd a'r rheina'n lladd Menna, mi fyddwn i'n ddafad am sbel eto, nes i mi … wel, dach chi'n gwbod be bellach … Mi fyddwn i reit ypset ynglŷn â Menna hefyd, wrth reswm.

Yn sydyn, mi deimlais i rywbeth yn dechrau 'nghosi ar fy ngwar. Be goblyn?

"Paid â symud," meddai llais bach, "mae hwn yn fater reit ddelicet." Y wenci! Roedd y wenci ar fy ngwar! Y wenci oedd wedi bod yn 'y nilyn i!

"Be ti'n feddwl ti'n neud?"

"Dy rhyddhau di o'r llanast ma. Os rhoi di'r gora i ofyn cwestiyna, mi ga i ddefnyddio nannedd i gnoi drwy dy bali gwlân drewllyd di a dy gael di'n rhydd."

"Iawn, gwych, diolch i tï. Mi gaea i 'ngheg a gadael i ti … " Chwe eiliad yn ddiweddarach roedd yn rhaid i mi holi: "Nest ti'm digwydd gweld panther du ar dy drafels, naddo?"

"*Mffhff.*" Roedd 'i geg o'n llawn. Ond 'na roedd o'n 'i feddwl.

Ro'n i'n eitha mwynhau'r teimlad o gosi wrth i'r wenci drio cnoi drwy'r darnau olaf; a deud y gwir, ro'n i'n ei fwynhau o gymaint nes bod fy llygaid i'n dechrau cau, ond mi sythais mwya sydyn ac agor fy llygaid led y pen. Ro'n i wedi teimlo'n hytrach na gweld rhywbeth yn pasio. Roedd rhywbeth byw allan fan'na yn y tywyllwch, rhywbeth mawr, rhywbeth mwy na fi.

"Wenci?"

"Be rŵan?!"

"Welaist ti rwbath yn fan'na rŵan?"

"Dim byd, heblaw dy gnu di. Rŵan cau dy geg."

"Ond wenci … mae 'na rwbath yna. Brysia nei di!"

"Tasat ti'n stopio gofyn cwestiyna i mi'n dragwyddol 'swn i 'di gorffen ers meitin!" Caeais fy ngheg.

Syllais yn fud i mewn i'r niwl a'r glaw. Roedd hi yno, ro'n i'n gwybod. Allwn i mo'i gweld hi ond ro'n i'n gallu teimlo'i phresenoldeb hi, ei nerth brawychus hi, ei hysfa hi am waed, am blannu ei dannedd mewn rhywbeth byw. Rhywbeth fel fi. Ro'n i ar blât iddi fel hyn, fel darn o gyw iar ar sgiwar. Llyncais yn galed, ond roedd fy ngwddw i'n sych. Roedd y wenci'n dal i gnoi, chwarae teg iddi, ond mae'n rhaid bod hanner fy nghu i wedi lapio am y weiren bigog 'na.

"Menna?" sibrydais i'r tywyllwch. "Dwi'n gwbod mai ti sy 'na. Gwranda, dau beth pwysig cyn i ti feddwl am blannu dy ddannedd yn 'y ngwar i."

Roedd y geiriau'n swnio'n dda a hyderus, ond doedd y llais ddim. Ro'n i'n crynu gymaint nes bod fy nannedd i'n cecian.

"Yn gynta," eglurais, "mae 'na bedwar boi efo

gynnau jest lawr fan'na, yn chwilio amdanat ti. Yn ail, dwi'n gwbod sut gallwn ni roi stop ar hyn i gyd unwaith ac am byth." Dim ymateb. Dim sŵn, dim byd. Dim ond sŵn y gwynt a'r glaw. "Ti yna, 'yn dwyt Menna? ... Menna?"

A dyna pryd teimlais i ei hanadl hi ar ochr fy nhrwyn. O na! Roedd hi'n chwyrnu'n isel, a doedd 'na'm canu grwndi yn y chwyrnu o gwbwl. Roedd o'n chwyrnu cas, chwyrnu, 'dwi'n mynd i dy ladd di a dy rwygo di'n ddarnau mân, mân' oedd hwn. Clywais y wenci'n gwichian a neido oddi ar 'y nghefn i. Cachwr, ond ro'n i'n rhydd.

"M ... M ... Menna!" gwichiais. "Hei, gan bwyll rŵan. Meddylia be ti'n neud."

Mwy o chwyrnu a'i hanadl hi mor agos, nes i fod o yn fy llygad i. Roedd gen i ofn symud i sbio arni.

"Ym ... nest ti'm clywed be ddeudis i rŵan? Mae 'na ddynion efo gynna lawr fan'cw sy'n mynd i dy saethu di os gwelan nhw ti."

Ro'n i'n gallu ei chlywed yn llyfu ei gweflau. O, mam! "Dwi'n gwbod be sy wedi digwydd i ni Menna! Wel, i mi o leia. Melltith gan ryw sipsi. Wir yr! Ond, dwi'n gwbod am ffordd i'w orffen o! Mi fedran ni'i neud o fan hyn, rŵan!"

Peidiodd y chwyrnu am eiliad, ac mi drois fy mhen yn araf tuag ati. Argol, roedd hi'n fawr. Roedd ei phen hi'n anferthol, ei dannedd hi'n felyn a'i llygaid hi'n felynach. Llygaid oedd yn dal yn amlwg yn ysu am waed. Roedd fel petai hi'n mynd i frathu 'mhen i i ffwrdd unrhyw funud. Doedd gen i'm dewis. Roedd yn rhaid i mi fynd amdani'r munud hwnnw. Felly mi wnes. Estynnais fy ngwefusau a rhoi clamp o sws iddi ar ei cheg. Nid sws glec chwaith, ond cusan go iawn, bron nad oedd hi'n snog hir, ond mae'n anodd i ddafad roi snog gall. Mae'r dannedd yn drafferthus. Mi gadwais fy llygaid ar agor ac ro'n i'n gallu gweld y sioc yn ei llygaid hi. Yna mi drodd y sioc yn wylltineb. O, o … Tynnodd ei cheg yn ôl a rhuo. O na. Doedd rhuo ddim yn syniad da. Ddim efo pedwar twelf-bôr yn ymyl.

"Menna! Fel'na roedd chwalu'r felltith! Dyro gyfle iddo fo weithio!"

Ond roedd hi'n dangos ei dannedd, y dannedd hirion, melyn, milain 'na. Caeais fy llygaid. A dyna pryd chwalodd bob dim yn ufflon efo homar o glec – ac ro'n i mewn poen. Poen arteithiol. *Awwww.* Felly ro'n i'n mynd i farw wedi'r cwbl, a finna'n ddim ond tair ar ddeg oed. Ro'n i wedi llwyddo, pan own yn anifail, i garu gyda pherson arall oedd wedi troi'n anifail. Dyna, yn ôl Dad, fyddai'n medru chwalu'r felltith yn ufflon unwaith ac am byth. Ond doedd o ddim yn gweithio, nag oedd?

Ro'n i isio crio, ond doedd na'm pwynt. Waeth i mi gymryd fy nhynged fel dyn a marw'n dawel. Ond, yn ara bach, mi wnes i ddechrau sylweddoli 'mod i'n ofnadwy o wlyb. Y gwaed mae'n siŵr. Ro'n i'n oer, a dydi gwaed ddim yn oer. Agorais fy llygaid. Sbiais i lawr, a gweld pâr o ddwylo pinc efo bysedd go iawn. Ro'n i'n ôl yn fi fy hun! Mewn un darn! Ro'n i'n fyw! Heb sbotyn o waed arna i! Codais – a gweiddi. Ro'n i wedi anghofio am y weiren bigog. Cropiais yn araf allan i'r cae ac edrych o 'nghwmpas. Doedd 'na'm golwg o Menna, nid fel panther na fel hi ei hun. Doedd 'na'm golwg o Trebor Hafod y Blaidd na'r helwyr eraill chwaith.

"Helô?" gwaeddais. "Oes 'na rywun yna?" Neb. Ro'n i wedi drysu go iawn rŵan. Ro'n i wedi clywed clec oedd yn debyg iawn i sŵn gwn. Oedden nhw wedi saethu Menna? Os felly, lle'r oedd hi – a lle'r oedden nhw? Mi fues i'n crwydro a gweiddi am hir, ond ro'n i'n fferru, ar fin cael niwmonia, felly mi gychwynnais am adre. Roedd hi'n dal yn niwlog felly mi ddilynais y wal gerrig uchel i lawr ochr y mynydd. Ro'n i'n poeni o ddifri am Menna, ond be allwn i ei neud? Mi benderfynais weiddi un waith eto, rhag ofn.

"MENNA!!!"

"Dwi fa'ma, sy'm isio i chdi weiddi."

Y? Roedd hi'r ochr arall i'r wal! Dechreuais ddringo i fyny.

"Menna? Be ti'n … ?"

"Paid â meiddio dringo'r wal 'na!"

"Pam? Be sy?"

"Sgen i'm dillad, nag oes!"

"O ia, nag oes. Sori. Does gen inna ddim chwaith."

"Be ddigwyddodd?"

"Rhois i sws i chdi."

"Dwi'n gwbod hynny tydw! Be ddigwyddodd wedyn?"

"Dwn i'm, duw. Mi glywis i glec ac ro'n i mewn poen, ac wedyn do'n i ddim. Wedyn ro'n i'n fi fy hunan unwaith eto."

"Dyna'n union ddigwyddodd i mi. Be oedd y glec ta? Dim y dynion efo gynnau saethodd achos mi welis i nhw'n mynd am adre oes yn ôl."

"O. Wel, ella mai diwedd y felltith oedd o. Roedd o'n swnio'n reit derfynol, on'd oedd o?"

"Oedd. Mi gawn ni weld nos fory."

"Cawn." Tawelwch. Ro'n i'n dechrau teimlo'n hynod ymwybodol erbyn hyn 'mod inna'n noeth. A bod hogan noeth yr ochr arall i'r wal.

"Reit, dwi'n mynd i gychwyn am adra ta," meddai Menna.

"Be, cerdded? Ond ti filltiroedd o adra!"

"Fedra i'm ffonio tacsi, na alla i, y drong!"

"Paid â ngalw fi'n drong! Dwi newydd dorri dy felltith di!"

"Meddach chdi."

"Argol, ti mor ddiolchgar."

"Sori. Yli … diolch i ti am hynna," meddai mewn llais tipyn cleniach. "Mi gawn ni drafod hyn i gyd yn rysgol fory."

"Cawn."

"Ond nei di un ffafr arall i mi?"

"Be?"

"Dwi'n mynd i fynd ar draws y cae ffor'cw rŵan. Nei di addo peidio sbio?"

"Sbio ar be?"

"Fi ynde y mwnci! Dwi'm isio chdi'n sbio ar 'y mhen ôl noeth i!" Gwenais i.

"Addo, siŵr."

"Iawn. Wela i di fory ta. Os na fyddwn ni wedi cael niwmonia."

Mi gyfrais i i bump cyn dringo'r wal yn araf er mwyn sbio arni'n trotian ar draws y cae.

Wel … be fysach chi wedi 'i neud?!

pen dafad

Bach y Nyth
Nia Jones 0 86243 700 8

Cawl Lloerig
Nia Royles (gol.) 0 86243 702 4

Ceri Grafu
Bethan Gwanas 0 86243 692 3

Gwerth y Byd
Mari Rhian Owen 0 86243 703 2

Iawn Boi? ;-)
Caryl Lewis 0 86243 699 0

Jibar
Bedwyr Rees 0 86243 691 5

Mewn Limbo
Gwyneth Glyn 0 86243 693 1

Noson Boring i Mewn
Alun Jones (gol.) 0 86243 701 6

Sbinia
Bedwyr Rees 0 86243 715 6

Llyfr Athrawon Pen Dafad (Llyfr 1)
Meinir Ebsworth 086243 803 9

Sgwbi-dŵ Aur
Caryl Lewis 086243 787 3

carirhys@hotmail.com
Mari Stevens 086243 788 1

Ça va, Safana
Cathryn Gwynn 086243 789 x

Pen Dafad
Bethan Gwanas 086243 806 3

Aminah a Minna
Gwyneth Glyn 086243 742 3

Uffern o Gosb
Sonia Edwards 086243 834 9

Ti 'sho Bet
Bedwyr Rees 086243 805 5

Noson Ddifyr i Mewn
Alun Jones (gol.) 086243 836 5

Llyfr Athrawon Pen Dafad (Llyfr 2)
Meinir Ebsworth 086243 804 7

Cyfres i'r arddegau
Ar gael o'r Lolfa: ylolfa@ylolfa.com neu o siop lyfrau leol

Am wybodaeth am holl gyhoeddiadau'r Lolfa,
mynnwch gopi o'n Catalog newydd, neu
hwyliwch i mewn i'n gwefan:
www.ylolfa.com

Talybont, Ceredigion SY24 5AP
e-bost ylolfa@ylolfa.com
gwefan www.ylolfa.com
ffôn +44 (0)1970 832 304
ffacs 832 782